KB184238

영웅 여기사에게
유능을 들킨 나의
미인 하렘 기사단

I WAS FOUND TO BE COMPETENT BY A HEROIC FEMALE KNIGHT AND LEAD A BEAUTIFUL HAREM OF KNIGHTS

가이카쿠 히쿠메의 기술 기사단

2

소시에
— caption —

가이카쿠에게 심취하여 조수를 자칭하는
엘프 소녀. 자신을 버린 고향인 엘프의
숲에 원한을 가지고 있지만, 그런 고향을
위기에서 구한다는 의뢰가 기사단으로
날아들고……

벨린다
— caption —

가이카쿠가 주운 드워프들의 리더. 금속
가공이나 건설 작업에 뛰어나서
기사단에서는 공병 역할이 된다. 경계심이
강해서 가이카쿠 일행에게도 간단히
마음을 허락하지 않지만……

"괜찮다면 이 회담에 당신도 출석하겠습니까?"

가이카쿠 히쿠메
— caption —

위법적인 기술을 연구하는 천재 마도사.
티스트리아의 시련을 넘어서 정식
기사단장으로 인정되었다. 낙오자
소녀들로 구성된 '기술 기사단'을 이끌고
대활약한다.

어째선지 티스트리아는

외출용 드레스를 입고 있었다.

티스트리아
<- caption ->

기사의 정점인 기사 총장을 맡은,
여신이라 착각할 정도의 미녀. 인류
역사상 최고의 강함과 아름다움을 겸비한
인간 '엘리트'. 외교 등을 할 때에는
여기사 이외의 모습도 보여준다.

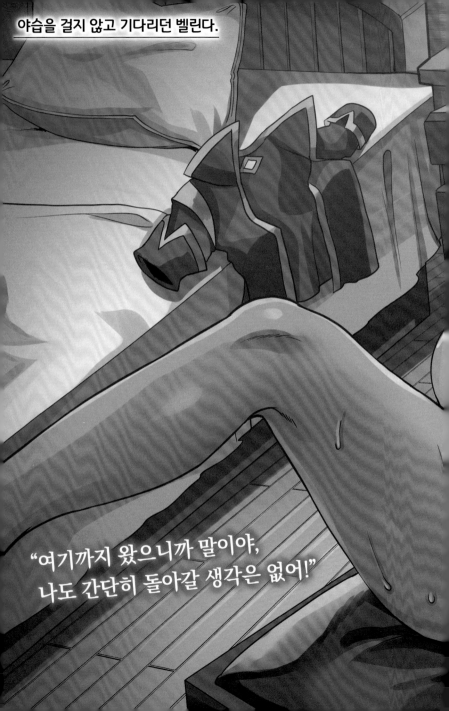

Rokurou Akashi,
Shunsuke Himuro
Presents

커버 그림, 본문 일러스트 | **히무로 슌스케**

CONTENTS

I was found to be competent by a heroic female knight and
lead a beautiful harem of knights.

제1장 드워프 참전

1

그리고, 볼릭 백작령에 있는 가이카쿠 히쿠메의 거점.

천재 위법 마도사 가이카쿠 히쿠메는 자기 부하를 건물 밖으로 모았다.

엘프 스무 명, 오거 스무 명, 고블린 스무 명, 수인 열 명, 다크 엘프 열 명. 그리고 인간 백 명. 종족은 다르지만, 전원이 젊은 여성이었다.

총원 180명을 앞에 두고 가이카쿠는 서 있었다. 무척 들뜬 그녀들에게 가이카쿠는 정식으로 발표했다.

"……이래저래 거만을 떨었지만, 마음이 조급했나 봐. 확실하게 말해주지."

가이카쿠는 싱긋 웃으며 결과를 보고했다.

"기사 총장 티스트리아 님의 임무를 수행하여…… 우리는 정식으로, 기사단으로서 인정받았다."

"오오오오!"

"해냈어어어어어!"

어느 종족이든 정렬이나 청취를 잊고 크게 흥분하며 외쳤다.

우리는 기사단이 될 수 있었다.

모든 국민이 동경하는, 다른 종족에게도 존경받는, 정의의 편, 무적의 히어로로.

기사단으로 자신들이 인정받았다. 공식으로, 정식으로, 공인되었다.

이제까지의 인생이 순조로운 것과는 거리가 멀었던 여전사들. 그녀들은 자신들의 성과를 온몸으로 느끼고 있었다.

"홋…… 이제부터가 큰일일 텐데, 다들 태평하군. 조금은 불안을 느껴야…… 뭐, 쓸데없는 소린가."

가이카쿠는 히죽 웃으며 그녀들을 잠시 마음대로 하게 두었다.

이제부터 가혹한 임무가 기다리고 있기에, 지금의 감동은 힘이 된다. 그런 미묘한 분위기는 가이카쿠도 알고 있었다.

잠시 내버려두니 이윽고 그녀들도 진정을 되찾고, 더욱 구체적인 정보를 요구했다.

"그래서, 두목! 이름이라든지 깃발이라든지, 어떻게 됐나요?"

가이카쿠를 『두목』이라고 부르는 것은 오거 여전사들이었다.

가이카쿠보다도 훨씬 큰 덩치에 근육질인 그녀들은, 가능한 한 가이카쿠에게 시선을 맞추고자 몸을 숙이며 물었다.

"음, 좋은 질문이야. 기사 총장 티스트리아 님께서 『기술 기사단』이라는 이름과 깃발을 정식으로 주셨지…… 감사히 생각하도록!"

가이카쿠는 살짝 굳은 표정으로, 티스트리아에게 받은 『깃발』을 모두 앞에서 펼쳤다.

그것은 발랄한 느낌으로, 작은 마술쇼 간판 같았다.

더티 플레이의 극치인 가이카쿠가 펼쳐 드니 요만큼도 어울리지 않았다.

어울리지 않는 것뿐이라면 그나마 낫겠지만, 기사단의 깃발답지도 않았다.

'이 깃발을 내걸고 싸우는 건가⋯⋯.'

그 깃발을 본 단원들은 가이카쿠의 심경을 아플 만큼 알 수 있었다.

호불호 이전에 이것을 내걸고 전장으로 향한다는 사실에 저항감이 있었다.

하지만 모두가 소극적인 것은 아니었다.

"주인님! 엄청 귀여운 깃발이네요!"

가이카쿠를 『주인님』이라고 부르는 것은, 오거와는 대조적으로 무척 작은 체구의 고블린들.

그녀들만큼은 티스트리아가 만든 깃발이 마음에 드는 모양이었다.

'아니 뭐, 귀엽다고는 생각하지만⋯⋯.'

다른 단원들은 고블린과 동조할 수 없었지만, 부정하자니 그건 그것대로 문제니까 잠자코 있었다.

"그러네요⋯⋯ 선생님, 앞으로라도 대마도사 기사단 같은 식으로 바꿀 수는 없나요?"

가이카쿠를 『선생님』이라고 부르는 것은 팔다리가 가늘고 긴 엘프들.

기술 기사단이라는 네이밍에 불만을 가지는 한편, 제안이 굉장히 조잡한 것은 그녀들이 자란 환경을 드러내는 것이리라.

"조, 족장님…… 말하기는 그렇지만, 우리는 깃발 디자인도 생각했어…… 지금부터라도 변경할 수 없을까?"

가이카쿠를 『족장님』이라고 부르는 것은 팔다리가 진한 체모로 뒤덮인 수인들.

그녀들은 저마다 『그림이 그려진 천』을 들고 있는데, 서투르면서도 이런저런 그림이 그려져 있었다.

게다가 주된 모티프는 늑대나 곰. 혹은 눈이 쌓인 나무 등이었다.

어떻게 보아도 그녀들(의 고향)을 테마로 하고 있었다.

그녀들에게 악의는 없을 테지만, 다른 종족의 동의를 얻을 수는 없을 것이다. 오히려 그것을 참고로 다른 종족도 제멋대로 떠들어댈 것임이 틀림없었다.

"어르신, 저희도 생각했는데…… 깃발도 이름도, 기사 총장님이 결정하셨으니까 괜찮지 않을까요? 저희끼리 정하려고 해봤더니 크게 싸움이 벌어졌어요."

가이카쿠를 어르신이라고 부르는 것은 살짝 차가운 색깔의 엘프, 다크 엘프들이었다.

경계심이 강하고 신중하며 겁쟁이인 그녀들은, 동료가 너무나도 각양각색이기에 벌어질 충돌을 피할 수 있었다는 사실에 안도하는 모양이었다.

"그, 그래서 말이야! 단장님…… 어, 우리 기사단장님! 기사단

의 일원이 된 우리한테 내려진 첫 명령은 뭐야?! 파티 출석이나 퍼레이드 연습일까?!"

가이카쿠를 단장님이라고 부르는 것은 인간들이었다.

원래는 아마조네스 용병단이라는 이름이었고, 현재는 가이카쿠 아래에 보병대로서 소속된 자들.

그녀들은 흥분한 기색으로, 기사로서의 첫 임무를 원하고 있었다.

"기사로서의 첫 임무…… 어떤 걸까!"

그 말을 계기로 다른 부하들도 가이카쿠의 지시를 기대하기 시작했다.

기사가 된 자신들을 기다리는 처음 치시는 대체?

"당연히 이사 준비지."

가이카쿠는 시원스럽게 대답했다.

이 말에는 모두가 살짝 맥이 빠졌다. 하지만 그런 기분도 어디로 이사를 하는가, 그것을 듣고는 확 날아갔다.

"우리가 이사할 곳은, 기사단 총본부 근처야. 이제부터 다른 기사단 옆에 거처를 두고, 각지로 원정을 가는 거지."

기사단으로서, 기사단 총본부 근처로 옮긴다.

확실히 기사단의 첫 임무라고 생각하면 더없이 지당했다.

언제까지고 볼릭 백작령에 있을 수야 없으니 얼른 옮겨버리자.

모두의 사기가 크게 올라갔다.

"양이 양이니만큼, 하루 만에 이사할 수는 없겠지. 그러니까 우선은 실어 나를 수 있도록 짐부터 꾸려줘. 큰 화물은 오거랑 인간이랑 수인이, 위험한 약품 같은 건 엘프랑 다크 엘프랑 고블린한테 부탁할게."

가이카쿠의 거점에는 많은 인원이 사는 것은 물론, 마도적인 무기나 소재, 약품도 많았다.

그래서 하루로는 작업이 끝나지 않고 무척 품이 들 것이다.

하지만 그럼에도 새로운 땅에 대한 희망으로 불타오르는 처녀들은, 기사단으로서의 첫 임무에 불타고 있었다.

"마침내 우리도 기사단인가~~!"

"빨리 작업하자, 그만큼 빨리 출발할 수 있어!"

"아~~ 벌써 기대돼~~!"

그렇게 잔뜩 들뜬 이들을 지켜본 뒤, 가이카쿠는 자신이 어떻게 할지를 이야기했다.

"나는 마을로 가서 이사용으로 짐수레를 몇 대를 사 올게."

가이카쿠는 그런 말을 남기고, 거점을 떠나서 마을로 향했다.

그런 그를 뒤좇는 엘프가 하나…….

"아, 선생님! 잠깐만 기다리세요, 저도 같이 갈게요!"

가이카쿠의 조수(중 하나)인 엘프 소시에.

마을로 간다는 가이카쿠를 쫓아서 그녀도 동행했다.

2

거점에서 마을로 향한 가이카쿠는 예정대로 짐수레를 샀다.

물론 혼자서 가지고 돌아갈 수 있는 숫자가 아니니까 산 가게 사람에게 부탁해서 가까운 곳까지 가져다 달라고 했다.

그래도 상당한 숫자니까 가게 쪽도 준비에 시간이 걸렸다.

"금세 끝났네요~~……."

"그야 그렇겠지, 짐수레를 사는 것뿐이라고. 넌 대체 왜 따라온 거야?"

"너, 너무해! 선생님과 동행하는 건 조수의 의무라고요! 게다가……."

헤실헤실 웃는 소시에는 흘끗흘끗 주위를 보고 있었다.

마을 안이니까 당연히 많은 사람이 걷고 있었다. 물론 대부분은 바빠 보였지만, 그중에는 걸음을 멈추고서 소문을 주고받는 사람도 있었다.

"있잖아, 들었어? 볼릭 백작이 기사가 된다는 이야기…… 날아갔다던데."

"물론 들었지. 대신에 가이카쿠 히쿠메라는 녀석이 기사단장으로 천거되었다더라. 이건 정식 발표라 그러더라고."

현재 이 마을에서는 기술 기사단의 소문으로 자자한 모양이었다.

"새로운 기사단은 기술 기사단…… 기사 양성학교 출신도 아니고, 군부에서 발탁된 것도 아니다. 이력은 불명인데, 티스트리아 님이 직접 스카우트했다고."

"허~ 그 미인께서 직접 말이지. 그것만으로도 부러운데, 부하가 될 수 있다는 건 더 부럽네. 명령을 받거나 칭찬을 받거나 그러겠지? 못 참겠어~."

"새로이 기사단이 설립되었다는 건, 정기사랑 종기사…… 단원도 다른 곳에서 선출하는 거겠네."

"가이카쿠 히쿠메의 부하가 그대로 단원이 되었다고. 하아…… 나도 그 녀석의 부하가 될 수 있었다면 지금쯤은 기사였을지도 모르겠네……."

기사단은 정의의 히어로. 엘리트 중의 엘리트만이 될 수 있는, 최고의 명예.

기술 기사단을 모두가 부러워하고, 기술 기사단에 소속되지 않은 자신에게 한탄한다.

그 목소리를 듣고 소시에는 헤실헤실, 웃음을 참지 못했다.

"휘…… 휘휘…… 휘……!"

"그 웃음은 뭐야? 기분 나쁘다고."

"그, 그게…… 마을 사람들이 다들 우릴 부러워하잖아요?! 그런데 어떻게 웃음을 참겠어요!"

소시에는 눈을 반짝이며 온몸으로 기쁨을 표현하려고 했다. 그렇지만 큰소리로 떠드는 것은 좋지 않다는 이성이 작동하는 바람에, 기쁨을 억누르려고 해도 미처 억누를 수가 없다는 분위기의 어색한 무용이 되어 있었다.

"이제는 온 나라의 사람들이 우리를 부러워하고 있어! 온 나라의 사람들이 선생님의 부하가 되기를 원하고 있어! 하지만, 될 수 없어! 선생님의 부하는, 우리뿐이니까요!"

소시에는 애당초 남들이 부러워하는 사람이 되고 싶다, 그런 마음이 있었다.

그런 바람을 입에 담고는 했는데, 이제는 그것이 실현된 것이다. 확실히 흥분해도 이상하지 않았다.

"차라리 여기서 저랑 선생님이 딱 이름을 대고 나서지 않을래요?! 틀림없이 다들 부러워하고, 부하로 삼아달라고 말할 거예요! 그걸 거절하는 선생님…… 상상하는 것만으로도 행복해요!"

"바보야, 그런다고 뭐가 되겠어."

소시에의 폭주를 가이카쿠는 바보라는 두 글자로 차단했다.

"지금 너는 진짜 기사단의 일원이라고. 그런 녀석이 『기사가 된 저, 굉장하죠』라고 자랑이라도 해봐라, 그야말로 기사단의 이미지가 추락하겠지."

"으~~! 그건 알지만, 하지만~~!"

소시에는 눈물을 글썽이며 가이카쿠에게 호소했다.

"오빠한테는 차라리 태어나지 말 걸 그랬냐는 소리를 들었고, 동생들도 아래로 보고, 부모님에 의해 팔려나간 제가…… 기사단에 들어갈 수 있었다고요?! 자랑하고 싶어 하는 게 보통 아닌가요!"

미처 다 말할 수 없을 만큼 불행한 과거를 외치는 소시에. 그녀는 소문이 대상이 된 것만으로는 부족해서, 직접 자기 몸으로 선망을 모으고 싶은 모양이었다.

모를 것도 아니지만, 그 결과를 상상하면 가이카쿠는 허가할 수 없었다.

하지만 억지로 막으면 문제가 있으니까, 문제가 없을 장소로 가기로 했다.

"어쩔 수 없네…… 단골 가게로 가볼까? 저기 주인은 내가 가이카쿠 히쿠메라는 걸 아니까. 거기 가면 널 부러워할 거야."

"그러네요!"

가이카쿠의 제안에 소시에는 곧바로 넘어왔다.

그 가게 주인은 가이카쿠나 소시에의 사정을 안다.

그저 만나는 것만으로 칭찬해 줄 것이다.

"뭐, 이제는 더 만날 일도 없을 테니까…… 마지막 인사라도 하러 갈까."

"예!"

그리하여 두 사람은 노예 시장의 구석에 있는, 엄청 저렴하고 사연 있는 약소 노예 상점으로 향했다.

가이카쿠 히쿠메가 나타나자, 이전보다도 더더욱 야윈 가게 주인은 크게 전율했다.

"여, 점장. 장사 중인가?"

"아, 아아아! 소, 손님!!"

그냥 손님이 와서 놀란 건 아닌 듯한 반응. 그 모습에 소시에는 크게 웃고 있었다.

"기, 기사단장 취임, 축하합니다."

'왔다…… 왔어!'

가이카쿠 히쿠메라는 남자가 기사단장으로 취임했다는 사실은 그에게도 전해졌다.

그렇기에 맹렬히 굽실거리거나 아첨을 떨기 시작했다.

자기 주인에게 굽실거리는 모습을 보고 소시에는 크게 환희했다.

"이, 이제까지의 무례를 용서해 주시길…… 설마 그렇게까지 대단하신 분인 줄은 상상도 못 하고……! 제 어리석음이 부끄러울 뿐입니다!"

'그거, 나도 듣고 싶어~~! 날 팔아치운 가족한테, 듣고 싶어~~!'

소시에는 굉장히 헤실헤실했다.

"네가 『소개해 준』 단원이 열심히 해줘서 말이지. 그 덕분이야."

"노, 놀랐습니다…… 설마 저한테 흘러든 그녀들이 그런 수준의 힘을 숨기고 있었다니…… ."

'아아아아~~~!'

가이카쿠가 살짝 추어올리는 말에 이끌려서, 소시에랑 다른 부하들도 칭찬받는 모양새가 되었다.

자신이, 자신들이 높이 평가받고 있다. 자신들을 아는 사람이, 자신들을 칭찬하고 있다.

그녀의 인생에서 이제까지 맛본 적이 없었던 황홀이었다.

"그래서, 지금 기분은 어때, 소시에."

"최고예요!"

"뭐, 만족했다면 됐어."

소시에가 만족한 모양이니까 가이카쿠로서는 목적을 달성할 수 있었다.

그러고는 조금 더 두서없는 대화를 나누고, 가게 주인과 작별을 고하면 이야기는 끝난다.

소시에도 가이카쿠도 그렇게 생각했지만…….

"괜찮으시다면 앞으로도 아껴주시길……."

가게 주인은 마치 앞으로도 인연이 이어질 것 같이 말하고 있었다.

"어?"

"어?"

시원스러운 이별에 암운이 드리우기 시작했다.

"아니, 앞으로 또 올 예정은 없는데……."

"세상에~~~!"

시원스러운 이별로는 가게 주인이 곤란한 것이었다.

"기사단장님~~! 부디 앞으로도 애용해 주세요~~!"

이번에는 필사적으로 애용해달라며 호소했다.

대법원 수준의 호소였다.

"달달하게 꿀을 빨겠다는 말은 안 할 테니까, 제가 먹고살기에 곤란하지 않을 정도의 매상을~~!"

"이봐, 너! 설마 정말로 나 말고는 손님이 없었던 거야?!"

"……예."

"그냥 때려치워! 너 같은 게 주인이라니, 백 년은 일렀다고!"

'이런 사람이니까 원망할 생각이 날아간 거란 말이지…….'

가게 주인이 너무나도 비참하니까 소시에는 불쌍하다는 감정마저 느끼고 있었다.

자신이 행복해지기도 해서, 그도 행복해졌으면 좋겠다는 생각조차 들었다.

"하아…… 뭐, 됐어. 오늘까지의 인연이야. 이제까지의 정으로, 네가 가게를 정리할 돈 정도는 줄게. 오늘 남은 녀석들도, 겸사겸사 돌봐주고."

이대로는 끝이 안 난다, 가이카쿠는 살짝 자애를 베풀었다.

"괘, 괜찮은 겁니까?"

"어차피 그렇게나 많이 필요하진 않잖아? 뭐, 이제 진짜로 이것뿐이니까. 무일푼이 되겠지만, 그건 자력으로 어떻게든 해."

"……빈손으로 재출발할 수 있다면 고맙지요."

울면서 고마워하는 노예 상인(마지막 날). 그 눈물은 체념의 맛이 느껴졌다.

"그래서, 어느 종족이 몇 명 남아 있어?"

"드워프가 스물, 수인이 열, 다크 엘프가 열 명입니다."

"……드워프가, 스물?"

가이카쿠는 이제야 간신히 가게 안을 확인했다.

전날과 마찬가지로 수인이랑 다크 엘프, 그에 더해서 작은 체구의 여성들이 앉아 있었다.

고블린보다 조금 연상으로 보일 정도의 신장으로, 그러고서『둥근』인상을 주는, 살집이 있는 팔다리. 얼굴 그 자체는 어린 느낌이 남아 있지만, 그러나 표정은 드세 보였다.

그녀들은 드워프였다.

"특별 상품이라고요!"

"너무 특별한데⋯⋯."

어린 외모이면서도 의외로 근력이 있고, 튼튼.

광산 채굴이나 금속 가공에 뛰어나고, 좁은 장소에서 작업도 특기.

전투도 치를 수 있지만 후방에서 역할을 할 수 있는 만큼, 수준이 낮아도 쉽게 채용된다.

그렇게 도움이 되는 종족이, 이런 변두리로 흘러들어오는 일은 보통 없다.

"손님은 모르시는 모양이지만, 최근에 대형 광산이 말라버려서요. 거기서 일하던 드워프들이 일제히 시장으로 흘러들었죠."

"아아⋯⋯ 드워프가 포화 상태인가."

광산이 마르면 아무리 드워프들이라도 다른 직장을 찾을 수밖에 없다.

질 좋은 드워프가 넘치면 수준이 낮은 드워프 따위는 거들떠보지도 않는다.

제대로 취직하지 못한 결과, 이곳으로 와버린 것이리라.

"뭐, 마침 잘 됐어. 전원 다 돌봐주지."

"감사합니다!"

"너는 이제부터 인생을 다시 사는 거야. 두 번 다시 노예 상인은 되지 말라고?"

"예!"

눈물을 흘리며 감사하는 전 노예 상인.

그도 이것에 질려서 새로운 인생을 걸었으면 하는 참이었다.

3

짐수레를 사러 왔을 뿐인데, 마흔 명이나 신규 채용을 하게 된 가이카쿠.

그는 예정하지 않은 상황에 조금 곤란하다는 표정을 짓고 있었다.

"저기, 선생님……."

"무슨 말을 하고 싶은지는 알아…… 기사단이 되는 것이 결정된 뒤에 신입이 온다면, 반발이 있을 거라 말하고 싶은 거겠지. 너도 아까 그런 말을 했으니까."

기사단으로서 정식으로 인정받은 뒤의, 인원 추가.

그것은 기사단이 되기 전부터 소속되어 있던 자들에게는 재미없는 이야기일 것이다.

"아니, 그보다도 그게…… 다들 배가 고픈 것 같은데요……."

"음…… 아."

하지만 소시에가 신경 쓰는 것은 그런 일이 아니었다.

가이카쿠와 소시에를 뒤따르는 그녀들은 굉장히 발걸음이 무거웠다.

그것은 기분 문제가 아니라 공복에 따른 것이었다.

"이봐, 너희들. 화 안 낼 테니까 대답해. 며칠 동안 안 먹었어?"

"……이틀."

"좋아, 알았어. 일단 식사하자."

돌봐주겠다고 말한 가이카쿠는 자기 말에 책임을 졌다.

일단 데리고 돌아갈까 생각했지만, 그 전에 먹이지 않고서는 도착할 수도 없었다.

"다크 엘프는 기름진 게 안 되고, 드워프나 수인은 반대로 기름진 걸 좋아했지. 잠깐만 기다려, 노점에서 사줄게…… 소시에, 너도 도와줘."

"예, 선생님!"

거리에 있는 노점, 그중 몇 곳을 돌며 요리를 사는 가이카쿠와 소시에.

40인분을 사니까 몇몇 가게를 품절시켜 버렸다.

한 번에 옮길 수 있는 양이 아니니까 몇 번이나 왕복하는 신세가 되었다.

"하아…… 마, 마, 맛있어요."

"으, 으으음, 으으으음!"

'역시 저 녀석, 노예 상인에는 안 맞는구나…….'

'이 아이들도 힘들었겠지…….'

가이카쿠가 사 온 노점의 패스트푸드…… 식사 빵 같은 가벼운 음식을 필사적으로 먹는 그녀들을 보고, 가이카쿠는 새삼『저렇게는 되지 않겠다』라고 생각하는 것이었다.

"저기, 가이카쿠, 였던가?"

"응?"

한편 음식을 이미 깨끗하게 비운 드워프 하나가 가이카쿠를 올려다보며 물었다.

눈을 새초롬하게 뜨고서 아양을 떠는 것이 아니라, 굳이 따지자면 의혹이 담긴 시선이었다.

"나는 벨린다…… 뭐, 내가 인수한 녀석 중 하나야. 솔직히 진짜로 죽을 참이었으니까, 우선 감사부터 할게."

자신을 벨린다라고 소개한 드워프는 법도를 지키고자 머리를 숙였다.

하지만 그러고서 도발적인 질문을 했다.

"기사단장이 된다는 소문은, 사실이야?"

"거짓말이야."

"……."

벨린다의 질문에 가이카쿠는 거짓말이야, 라고 말했다.

하지만 너무나도 가벼운 말이었기에 한 바퀴 빙 돌아서『사실

이야』라고 말하는 것이나 마찬가지였다.

"어어, 미안미안. 정말로 내가 가이카쿠 히쿠메고, 기술 기사단의 단장이야."

"……내가 말해놓고 이러긴 뭣하지만, 저런 가게에 자주 가는 남자가 기사단장이라니 어떻게 된 거야."

기사단장이 변두리 가게의 단골손님이다.

어떻게 생각해도 우스운 일이었다. 벨린다가 의문스럽게 생각하더라도 이상하지 않았다.

"그건…… 내가 너무나도 천재니까."

"허?"

"나는 원래 볼릭 백작 밑에서 일하는, 천재 위법 마도사였어. 하지만 지나치게 천재라서 그만 공적을 들키는 바람에…… 티스트리아 님에게 스카우트된 거야!"

"……자기 입으로 천재라고 말하지 마."

벨린다와 가이카쿠의 문답은 다른 노예들도 듣고 있었다.

벨린다와 마찬가지로 어이없어하며, 불안해지기도 했다.

"히히히히! 내 부하가 되었으니까 지루하진 않을 거야."

불에 기름을 붓듯이 점점 더 불안하게 만들고자 놀리는 가이카쿠.

겁먹은 사람을 더욱 겁먹게 만들고서 즐거워하는 모습은 그야말로 악인이었다.

"정말이지, 선생님! 이럴 때 정도는, 나쁜 장난은 치지 말자고요!"

그런 가이카쿠를 소시에는 나무랐다.

이미 완전히 언니 기분, 선배 기분이었다.

"다들, 걱정할 것 없어. 우리 기술 기사단은 그렇게 나쁜 곳이 아니야! 선생님도 짓궂게 그러지만, 엄청 좋은 사람이니까!"

'그럴까⋯⋯.'

소시에는 호언장담하지만 전혀 설득력이 없었다. 방금 언동이 너무나도 지독해서 신입들은 다들 믿지 못했다.

'그럴까⋯⋯.'

가이카쿠 자신도 기술 기사단이나 자신을 『좋다』라고 인정하지 못했다.

이리하여⋯⋯ 본격적으로 시동을 건 기술 기사단에 드워프 스무 명, 수인 열 명, 다크 엘프 열 명이 추가되었다.

실질적으로 최후의 증원으로, 가이카쿠 히쿠메가 이끄는 220명이 기술 기사단의 구성원이 된 것이었다.

4

기사단 본부, 바로 근처의 마을.

기사단의 본거지가 가까울 뿐, 딱히 특이한 것도 없는 이 마을에도 새로운 기사단의 소문은 자자했다.

내력 불명, 기술 기사단이라는 희한한 이름.

대체 어떤 무리냐며 모두가 떠들어대고 있었다.

그렇게 소문을 주고받는 사람들 사이를 일렬의 짐수레 부대가 지나가고 있었다.

그야말로 큰 저택의 이사처럼 대량의 화물이 짐수레에 실려 있었다.

그것을 끄는 것은 오거나 드워프, 인간들이었다.

물론 기술 기사단의 단원들이었다.

"우리가 기술 기사단이라는 걸 들키지 않도록……."

"그야 처음에는 깃발을 내걸고서 이동하자든지 얘기했지만, 이건 좀……."

인간이나 오거들은 살짝 눈물을 글썽였다.

기껏 기사단이 되었는데도, 하는 일은 잡졸 같은 일이었다.

이런 모습을 남들에게 보여주고 싶지 않다, 기술 기사단임을 들키고 싶지 않다.

그런 마음으로 그녀들을 길을 나아가고 있었다.

"있잖아, 이거…… 잘못하면『어느샌가 기사단이 이동했다, 무슨 트릭일까』같은 식으로 여겨지진 않을까?"

"의외로 기술 기사단이라는 것도, 뚜껑을 열어보면 이런 걸지도……."

한편 드워프들은 비아냥거릴 기력은 남아 있었다.

그녀들은 이제 막 채용되었으니까, 기사단의 임무에 기대하지 않았던 것일지도 모른다.

"뭐, 적어도…… 부대의 질은 도저히『기사님』수준이 아니네."

그녀들은 짐수레를 끌며 흘끗 뒤를 봤다.

엘프나 고블린이 무척 힘들어하며 걷고 있었다.

장거리를 이동했으니까 완전히 지친 모양이었다.

도저히 새로운 기사단의 일원으로 보이지는 않았다.

"너희들~, 이 마을을 빠져나가면 곧 도착이야. 조금만 더 힘내라고~~!"

한편 선두에서 나아가는 가이카쿠는 단원들을 고무할 정도로는 기력이 남아 있었다.

단원들의 입장에서는 불평하고 싶어지기도 하지만, 실제로 말로 할 기력도 없어서 그녀들은 뒤따라갔다.

그리고……

떠들썩한 마을을 빠져나가서 인기척이 적은 길로 들어서고, 길은 점점 깊은 숲으로 이끌었다.

그리하여 다다른 곳에는 숲속의 거대한 저택이 있었다.

"오오……."

긴 여행의 목적지에 도착한 단원들은 종족을 불문하고 감탄했다.

빈말로도 좋은 곳에서 산 적 따위는 없는 그녀들에게 『저택』이란 멀리서 보는 곳이었지 자신들이 들어갈 장소가 아니었다.

하물며 그곳에서 자신들이 살게 된다니…… 허드렛일하는 형태로라도 있을 수 없는 일이었다.

"너희들…… 감탄하고 있을 때가 아니라고."

가이카쿠는 신나게 웃고 있었다.

"확실히 이 저택은 무척 멋져. 하지만 여긴 기점에 불과하지."

가이카쿠는 저택 그 자체보다도 주변의 숲을 가리켰다.

"우리 기술 기사단은 이 저택과 그 주변의 숲을 받았어. 그러니까…… 이곳을 우리의 거점으로 삼아서, 새롭게 출발한다!"

가이카쿠는 크게 불타오르고 있었다.

그 열기는 모두에게 전해질 정도였다.

"이제까지 이상으로 당당하게, 위법적인 마도 연구를 할 수 있어! 금지된 식물을 재배할 수 있고, 대규모 병기 실험도 가능해! 우오오오! 기사단장이 되길 잘했어~~!"

기사단장이 해서는 안 되는 일을 전력으로 할 생각인 가이카쿠.

그를 막아야 하지는 않느냐고, 단원들은 생각하고 말았다. 하지만 아무도 말릴 수가 없으니……

"하지만 일단 먼저 거처부터 만들어야겠지."

그리고 가이카쿠가 처음으로 만들겠다고 말한 것에 매력을 느꼈기에…….

"이 저택은 확실히 훌륭하고, 우리 전원이 묵을 수 있는 공간도 있어. 하지만 역시나 인간용이야. 오거한테는 작고, 드워프나 고블린한테는 조금 크지. 각 종족용의 숙소를 만드는 것부터 시작하자. 물론 개인실 포함이야."

자기 종족에게 맞는, 자기용 개인실이 있는 커다란 집.

이제부터 그것을 세운다는 말에 그녀들은 무심코 서로 얼굴을 마주 보며 함께 웃었다.

"아~~! 개인실! 저를 팔아치운 가족들도 가지지 못했던, 개인실!"

그것을 대표하듯이 소시에게 크게 몸부림쳤다.

커다란 저택에서 생활한다는 것은 꿈이 있지만, 살기 편한 개인실에도 꿈이 있었다.

가이카쿠가 말했듯이 오거나 고블린, 드워프은 특히 더 그것을 원했다.

"……그래서 일단 물어보겠는데, 그건 목수를 부르는 거야?"

드워프 벨린다는 조금 싫다는 표정으로 가이카쿠에게 물었다.

"너희 드워프가 스무 명이 있다면 충분하잖아."

"직접 만드는 거냐! 아니 뭐, 괜찮기는 한데…… 본업이 아니니까 설계도 같은 거라도 없으면 집은 못 짓는다고."

원래는 광산에서 일하던 드워프들. 목수는 본업이 아니라고 그러지만, 그래도 집을 지을 수 있는 것은 역시나 드워프이리라.

하지만 집의 설계도를 만드는 것까지는 전문 분야 밖인 듯했다.

"자, 각 종족용 숙소 설계도. 내가 만들어뒀어."

"……너, 굉장하네."

하지만 천재 마도사인 가이카쿠는 가옥 설계도 전문 범위인 듯했다.

그가 만든 각 종족용 숙소 도면은 벨린다와 드워프들의 눈으로 봐도 문제가 없어 보이는 물건이었다.

"재료는 이 숲에 있는 걸로 조달해. 물론 오거의 손을 빌려도 돼."

"……저기, 가이카쿠 씨. 당신 처음부터 이럴 생각으로 우리를 고용한 거야?"

벨린다는 가이카쿠에게 의혹의 시선을 향했다.

자신들 드워프는 기사단의 일원이라는 명목뿐인 목수로서 부려 먹히는 것은 아니냐, 그런 의심이었다.

"아니, 애당초 고용할 예정 자체가 없었다니까?"

"……그건 뭐, 그렇기는 한데."

"게다가 우리 기사단은 평상시엔 이렇거든. 다른 녀석들한테도 이래저래 수수한 일을 시키고 있지."

"그걸로 기사단이 돌아가?"

"돌아가지. 그래서 우리가 스카우트된 거야."

5

가이카쿠가 이끄는 기술 기사단이 기사단 본부 근처로 옮기고 반 개월 뒤. 가이카쿠에게 호출이 들어왔다.

기사단 본부로 온 가이카쿠는 당연히 안내에 따라 집무실에 도착했다.

"게히히히…… 티스트리아 님, 잘 지내셨습니까……."

"잘 왔어요, 히쿠메 경. 제가 준비한 토지는 마음에 들었습니까."

"예, 그건 당연히……."

가볍게 인사를 마치고 두 사람은 본론으로 들어갔다.

"그럼, 임무 의뢰입니다. 아르헤나 백작령과 와사트 백작령 사이에 난 길에서 산적이 횡행하고 있습니다. 이것의 단속을 당신에게 부탁하고 싶습니다."

"……기사단 의뢰치고는 몹시 평범한 임무로군요. 무슨 까닭이라도 있습니까?"

기사단의 첫 임무가 산적 퇴치. 가이카쿠가 평범하다고 말하는 것도 무리는 아니었다.

애당초 그 정도라면 현지의 영주가 해결할 터.

그렇게 되지 않았으니까, 무언가 문제가 발생했다고 생각해야 했다.

"명확한 피해가 발생하고 있음에도 불구하고 두 백작은 이렇다 할 대책을 취하지 않고 있습니다. 이번 의뢰도 백작이 아니라 두 영지의 시민들이 한 것입니다."

두 영지의 중간에서 문제가 벌어지고 있음에도 불구하고 양쪽 모두 대응하지 않는다. 확실히 이상한 일일 것이다.

영민을 지켜야 할 영주가 악행에 가담했다고 여길 수밖에 없었다.

혹은 가담을 넘어서 악행을 주도하고 있든지.

"아마 누군가 한쪽, 혹은 양쪽이 산적을 지원하고 있겠죠. 정보에 따르면 아르헤나 백작이 의심스럽습니다."

"그 정보가 사실이라면 와사트 백작도 결백하면서 딱히 손을 쓰지 않는다는 거군요. 말세로군요…… 게히히히."

살짝 업신여기는 것 같은 웃음이지만 후드로 가려진 그의 얼굴은 차분했다.

여하튼 자신도 그랬던 만큼, 현지 유력자와의 연줄이 얼마나 강한지 이해하는 것이었다.

"하지만 산적을 이용해서 물류를 저해하는 것은 다소 과격하고 음습한 수단입니다. 백작분들이 했다기에는 조금 품위가 없어 보이는군요. 대체 어쩌다 이렇게 된 겁니까?"

"그에 대해서는 제 수중에 자료가 있습니다. 아무래도 두 사람의 불화는, 인근에서는 유명한 모양. 듣자 하니 술 맞히기 대회에서 아르헤나 백작이 패배했다고 하더군요."

"수, 술 맞히기 대회라니…… 뭐, 정취 있는 놀이이긴 합니다만……."

아마 술의 상표나 산지를 맞히는 놀이일 것이다.

술 마시기 대회처럼 사망자가 나올 법한 대회보다는 뭐, 정취가 있다고 할 수 있으려나.

"하지만 술 맞히기 대회의 승패로 산적 행위를 지원하다니…… 숨겨진 전모가 더 있을 것 같습니다만."

"아뇨, 정말로 그것뿐인 모양입니다. 둘 다 술에 관해서는 고집이 몹시 강하다고 하더군요."

"……그렇군요."

당사자들은 양보할 수 없는 중요한 일인 모양이다.

남들이 보기에는 정말 아무래도 상관없는 일이지만.

하물며 말려든 피해자의 입장에서는 도저히 참을 수가 없다.

"그럼 와사트 백작이 방관하고 있는 이유도 짐작이 가는군요."

술 맞히기 대회에서 패배한 상대가 보복으로 쩨쩨하게 괴롭힌다.

성격에 따라서는 그것을 유쾌하게 생각하는 경우도 있을 것이다.

"음…… 일단 확인을 하겠습니다만, 둘 다 어느 정도의『실력』인지요?"

"와사트 백작이 우승, 아르헤나 백작이 준우승했다고 합니다. 그 밖에도 같은 취미인 사람들이 다수 참가하여, 딱히 부정은 없이 공평한 대회였다는 것 같습니다."

공평한 대회의 결과에 불만을 가지고 음습하게 위법 행위를 가한다? 얄궂은 일이었다.

뭐, 공평한 스포츠 대회의 결과에 불만을 가지고 대규모 폭동을 일으키는 일도 있으니까, 없다고 단언하기는 힘들었다.

"흠…… 의뢰 달성의 기준은『산적의 포박 혹은 사살』이겠군요?"

"산적 행위가 잦아드는 것만으로도 충분합니다. 그것이 의뢰인의 부탁이니까."

"알겠습니다, 그럼……."

가이카쿠는 싱긋 웃었다.

"기술 기사단의 이름에 부끄럽지 않도록 해결하죠."

기사단 본부에서 기술 기사단의 거점으로 돌아온 가이카쿠는 단원을 모아서 임무를 설명하고 있었다.

대체 얼마나 굉장한 의뢰일까, 그렇게 생각하던 그녀들은 내용을 듣고 실망했다.

"그렇게 되어서…… 기술 기사단의 첫 임무는 영주와 유착하고 있는 산적 퇴치야."

"어~~…… 이제까지랑 크게 다르지 않잖아요~~……."

"좀 더 이렇게…… 기사다운 임무가 좋아요!"

"바보냐. 신입인 우리한테 대단한 임무는 돌아오지 않아. 자잘한 임무를 수행해서 신뢰와 실적을 쌓아 올리는 거야. 기사다운 일은 그다음이지."

불만을 흘리는 이들을 가이카쿠는 가볍게 일축했다.

"게다가 지금 큰 임무가 와봐야 어떻게 하지도 못할 텐데. 아직 거점 정비도 못 했으니까, 이 정도라서 다행이라고 생각하라고."

가이카쿠 일행에게 할당된 토지에는 원래 커다란 건물이 한 채 있었다.

처음에는 그곳에 짐을 모두 두고, 모든 멤버를 재우고 있었다.

하지만 당연히 불편하니까, 주변 토지에 새로이 시설을 건설해서 거점을 충실하게 만드는 중이었다.

"이번 임무에서 데려가는 건, 다크 엘프 야간 정찰대 스무 명과 수인 고기동 척탄병 스무 명뿐이야. 다른 단원들은 약초를 재배할 밭 경작, 신병기 개발 준비, 각 종족용 집 건설에 전념해 줘.”

220명이 된 기술 기사단 중에서 데려가는 것은 마흔 명뿐.

그것을 듣고 불안하게 생각한 것은, 드워프와 같이 입단한 신입 수인과 다크 엘프였다.

‘스무 명이라는 건…… 우리도?!’

특별히 훈련도 받지 않고 그저 잡무를 하던 그녀들은, 갑자기 『산적 퇴치』에 동행하게 된 것에 불안을 감추지 못했다.

한편으로 불안이 아니라 불만을 품은 이도 있었다. 역시나 드워프들이었다.

그들 스무 명을 대표해서 벨린다가 가이카쿠에게 질문을 던졌다.

“어, 그게 말이야, 가이카쿠 씨. 갑작스럽게 좀 그렇지만, 나도 동행해도 될까?”

“……아니, 드워프를 데려갈 예정은 없어. 게다가 드워프는 오히려 솔선해서 거점 구축에 매진했으면 하는데.”

“따라가는 건 드워프 중에서 나뿐이야. 솔직히 말해서 당신의 솜씨를 보고 싶어서 말이지.”

참으로 거만하게 구는 신입이었다.

하지만 가이카쿠가 어떻게 해결하는지 흥미를 품는 것은 당연했다.

실제로 아무리 상대가 『평범한 산적』이라고는 해도 고작 마흔 명으로 어떻게 대처하는가. 가이카쿠를 제외한 모두가 전혀 짐작도 하지 못했다.

다른 신입들은 물어보지도 못하고…….

고참 단원들은 가이카쿠의 유능함을 아니까 깊이 물어볼 필요가 없다고 생각할 뿐이었다.

"음~~…… 뭐, 너희가 상의한 일이라면 따라와도 돼. 확실히 내 솜씨를 보고 싶기도 할 테니까."

"좋아, 결정이네. 이야기가 빨라서 좋네."

드워프들은 호쾌하고 완고하다. 그렇기에 사전에 상의한 제안을 꺼낼 때는, 그것을 강하게 통과시키려고 한다.

가이카쿠는 그것을 알기에 그대로 간단히 받아들였다.

"예예예! 그렇다면 저도 동행하고 싶어요!"

겸사겸사 손을 든 것은 소시에였다.

"신입 지도도 선배의 역할이겠죠!"

"……뭐, 상관은 없는데."

가이카쿠는 그것을 허락했다. 억지로 반대할 정도의 이유는 딱히 없었다.

"……그래서, 영주님과 유착하고 있는 산적을 붙잡는 건, 어떻게 할 거야?"

동행하는 인원이 정해진 참에, 벨린다가 질문했다.

"뭐, 정공법으로 가야지. 영주한테 뇌물을 보내서 산적을 팔게 할 거야."

"아니, 확실히 정공법이기는 한데……."

벨린다의 질문에 가이카쿠는 간단히 대답했다.

확실히 그러면 이야기는 빠르겠지만, 산적을 주도하는 귀족이 그런 거래를 간단히 받아들일까.

아무리『비밀리에 마칠 테니까』라고 해도, 범행 교사를 인정할 리가 없다.

"그렇게 걱정하지 않아도 돼. 내가 만든 술을 가져가면 상대도 틀림없이 마음을 열고서 협력할 거야."

사악하게 웃는 가이카쿠는 끝 모를 자신감으로 넘쳐흘렀다.

7

가이카쿠 히쿠메는 기사단장으로서의 정식적인 첫 임무에 도전하고 있다.

그가 부하를 이끌고서 향한 곳은 와사트 백작이 있는 곳.

말할 필요도 없겠지만, 교섭에서 중요한 것은 만나는 자리다.

그저 만나는 것이 아니라, 상대가『조금 이야기를 들어주자』라고 생각하게 만드는 게 중요하다.

물론 그 부분에서 실패할 일은 없다.

와사트 백작은 가이카쿠가 왔다는 사실을 알기가 무섭게, 자신의 집무실로 안내해서 일대일 대화를 하려고 했다.

이것은 밀담을 나누고 싶다는 것만이 아니라, 자신은 결백하니까 공격당할 일은 없다는 의사표시이기도 했다.

물론 와사트 백작이 밀담을 나누고 싶은 기분이었는 이유도 있을 테지만.

"처음 뵙겠습니다. 저는 기술 기사단 단장, 가이카쿠 히쿠메…… 티스트리아 님의 충실한 종복입니다."

"하하하! 그 말투는 조금 비굴하군. 하지만 부럽기는 해. 저 천재에게 직접 명령을 받다니, 그야말로 남자의 꿈이겠지."

'그건 그렇고 그 뚱땡이랑 같은 백작 신분인데…… 이 사람은 굉장히 평범하네.'

가이카쿠는 마도사이자 의학에도 정통했다.

그런 그가 보기에, 이전의 주인인 볼릭 백작은 건강에 문제가 있는 수준으로 뚱뚱했지만, 눈앞의 와사트 백작은 살짝 운동이 부족하게 느껴지는 표준 체형이었다.

나이는 30대 후반, 정도일 것이다. 백작이라는 신분치고는 조금 젊은 나이였다.

"나로서는 소문의 신예 기사단장이 어찌하여 티스트리아 경과 만났는지 알고 싶은 참이지만…… 우리 영지의 힘겨운 상황을 생각하면 말로 꺼낼 수가 없군."

"예, 백성들의 진정이 티스트리아 님의 귀에 들어가다니…… 어지간히도 한탄스러운 일인지요."

"하하하! 참으로 귀가 따가워. 괜히 미뤄두다가 일이 이렇게 되어버리다니……. 나태한 꼴을 보여 부끄럽구만. 그래서 이번 만남도 밀담처럼 되어버렸지."

"……이유를 여쭈어도 괜찮을지요?"

"흐음…… 그전에, 귀공이 어떻게 생각하시는지 듣고 싶네."

아무래도 자기 입으로는 말하기 어려운 듯, 가이카쿠에게 이야기할 것을 청했다.

"그렇군요…… 우선 당신은, 이번 산적 소동의 원흉이 소문대로 아르헤나 백작이라고 생각하십니다."

"호오."

"두 사람의 관계는 소문대로 『술 맞히기 대회의 승패』밖에 없지요. 하지만 바로 그렇기에 당신은 그것을 방치했습니다."

"호오."

"패자인 아르헤나 백작이 패배가 분해서, 이렇게 음습하게 괴롭힌다. 그 모습이 기뻐서…… '이런 수작은 내게 통하지 않는다'라는 어필을 하고 싶어졌다── 그런 느낌인 것 같군요."

"하하하하!"

살짝 부끄러워하며, 분위기를 확 바꾸어서 와사트 백작은 웃었다.

"나는 원래 그에게 술을 배워서 말이야, 당연히 그가 더 위였지. 하지만…… 저 대회에서 간신히 이길 수 있었어. 그것이 기뻤다만…… 그는 패배를 전혀 분하게 여기지 않고 신사적으로 『축하한다』라고 하더군……. 나는 그게 아쉬웠네."

"대회였으니까 명사들도 있었을 테죠. 백작의 체면을 신경 써서 행동한 것 아닙니까?"

"음, 물론 그것도 있겠지. 다만 말일세, 나는 그가 그런 체면도 지키지 못할 만큼 분한 모습을 보여주었으면 했어."

나는 실제로 봤다면 기겁했을 거 같은데…….

다 큰 어른이 어린아이처럼 마구 소리를 치는 한심한 모습을 보이면, 승리가 한층 더 기뻤을 것이다—— 와사트 백작은 그렇게 생각하는 것이었다.

"이겼는데도 진 기분이었어. 그야말로 도량의 차이를 깨닫고 말았지. 그런데 얼마 지나지 않아서 이런 소동이 일어났네. 나는 무심코 크게 웃어버렸지. 시원스러운 표정으로 인정하더니만, 사실은 이런 일을 저지를 만큼 분했느냐고 말이야."

"사람이 나쁘군요."

"이것 참, 정말이지. 성격 나쁜 이야기야."

와사트 백작의 혀는 무척 수다스러웠다.

평범한 기사단이 상대라면 이렇게 말하지는 않았을 것이다. 가이카쿠의 행동이 그렇게 만든 것일지도 모른다.

"음습하게 괴롭힘을 당하면서도 반응하지 않았던 건, 도량의 차이를 보여주어서 상대를 더욱 분하게 하려는 얕은 생각이었네만…… 그러다가 영민들이 기사단에 직소하는 사태가 올 줄은 몰랐네. 귀공이 수고를 하게 만든 건 미안하게 생각하네."

'정말로. 이게 무슨 민폐냐고.'

가이카쿠는 그 말대로 제법 불만스러운 표정을 짓고 있었다. 그나마 후드로 얼굴을 가려서 다행이었다.

그렇지만 임무는 임무. 가이카쿠는 애써 냉정하게 이야기를 꺼냈다.

"너무 걱정하지 마시지요. 저도 이 사건의 모든 진실을 공개할 생각은 없습니다. 그런 일을 한들 원한만 사지 않겠습니까."

"……그렇군. 폐를 끼쳐서 미안하네."

"신입인 저로서는 두 분이 화해하시기를 바랄 뿐……."

"그건…… 간단하진 않겠군."

"예, 말씀대로입니다. 그래서 조금 말씀드리고 싶은 것이 있습니다."

가이카쿠는 이번 작전의 핵심에 관해서 확인을 시작했다.

"와사트 백작님께서는 아르헤나 백작에게 술을 배웠다고 하셨지요?"

"그래, 맞아. 그저 마시는 것만이 아니라, 맛을 보는 방법이나 술을 가리는 요령까지 모두 그에게 배웠지."

"그는, 정말로 술을 좋아하는 인물입니까?"

이 말에는, 와사트 백작은 살짝 얼굴을 찌푸렸다.

그야말로 질문하는 것 자체가 실례, 그런 질문이었다.

"음, 그래. 그 점에 대해서는 내가 보증하지. 그는 술을 좋아해."

"감사합니다. 그 대답이 필요했습니다. 이 정도만 있으면 제 책략을 펼칠 수 있습니다."

"어떻게 할 생각인가?"

술을 좋아하는 사람이라고 해도, 사실 다 같은 게 아니다.

취하는 것이 좋은 사람, 모두 모여서 마시는 걸 즐기는 사람, 비싼 술을 수집하고 자랑하길 좋아하는 사람, 술을 좋아한다고 어필하여 자기 입지를 높이는 사람 등. 각양각색이다.

"와사트 백작님…… 저는 기사단장의 신분이기에 다소의 위법은 묵인받을 수 있습니다. 그중에는『술 밀조』라는 귀여운 악행도 있지요."

술도 식품, 몸 안으로 들어가는 것이다.

나라나 지역에 따라서는 면허가 필요하여, 나라에서 허가받아야만 하는 경우도 있다.

물론 세금의 대상이기도 하다.

그런 나라에서 술을 허가 없이 만든다면 그것은 물론 위법 행위다.

"귀공이 만든 밀주로 그 사람을 납득시키겠다고? 조금 전에도 말했지만, 아르헤나 백작은 술을 좋아해. 어지간한 술로는……."

"예. 하지만 평범한 수단으로는 손에 넣을 수 없는 위법한 술이라면 어떻습니까?"

"뭐라?"

가이카쿠는 위법 마도사, 그렇기에 준비할 수 있는 물건이 있다.

"법률에 따라서 제조가 엄히 금지된 술…… 그것이라면 그의『마음』을 움직일 수 있겠죠."

"잠깐만, 귀공은 뭘 할 생각이지?"

너무나도 맛있기에, 지나치게 만인에게 사랑을 받았기에 법률도 금지된 술이 있다.

가이카쿠의 마도로 되살아난 그것이, 백일하에 드러나는 것이었다.

"진정으로 술을 좋아하는 사람들만을 미치게 만들 물건을, 아르헤나 백작에게 내놓는 겁니다! 당신이 기대했던 것처럼…… 필시 무시무시한 추태를 보여줄 것임에 틀림없습니다!"

8

기술 기사단 단장이 자기 영지로 온다고, 티스트리아를 통해 정식으로 통지가 왔을 때부터 아르헤나 백작은 크게 허둥대고 있었다.

어째서 허둥대느냐면, 그는 주변에서 의심하다시피 실제로 악행의 흑막이기 때문이다.

아르헤나 백작은 산적단을 고용하여 와사트 백작과 자신 사이의 교역을 방해하고 있었다. 동기도 소문 그대로, 술 맞히기 대회에서 진 보복이었다.

그러니까 혐의의 대상이 되는 건 무척 곤란하다. 그는 크게 허둥대며 은폐 공작으로 분주했다.

우선 고용한 산적단은 빈집 몇 곳에 나누어 감추고, 기사단이 돌아갈 때까지 숨어 있도록 명령했다. 물론 물이랑 식량, 어느 정도의 돈을 건넨 다음에.

하지만 물론 그럼에도 그는 안심하지 않았다. 상대는 기사단, 어딘가에서 진실에 도달하더라도 이상하지 않다.

가능한 한 의심을 받지 않도록 기사단을 환대하며, 『최근에는 나오지 않는군요』, 『기사단이 왔으니까 해산했을 테죠』라는 방향으로 마무리 지어야 한다.

그건 그것대로 해결이라고 못 할 것도 아니다, 적어도 그렇게 주장할 수는 있다.

실제로 일반인도 『기사단이 토벌하러 왔으니까 해산해서 도망쳤나? 그야 그렇지, 나라도 그러겠네』라고 납득한다.

피해자로서는 가해자에게 아무런 벌도 없다는 사실에 화가 나겠지만, 정말로 도망쳤다면 어쩔 수 없으니까 단념할 것이다.

그것을 목표로 하여, 아르헤나 백작은 계획을 짰다.

우선은 첫 순서로, 직접 단둘이서 만나지는 않는다.

"가이카쿠 히쿠메 경이 오셨다고 하여, 작은 파티를 열기로 했다고…… 전달했나?"

"예, 흔쾌히 초대를 받아줬습니다. 다만 제가 보기에는 적잖이, 아니, 꺼림칙할 정도로 사람이 어설퍼 보이더군요."

아르헤나 백작은 최근에 대를 물려받은 젊은 집사와 논의 중이었다.

그 집사에게도 자신의 악행은 감추고 있기에 들키지 않도록 행동하고 있었다.

"그런가…… 사견을 듣고 싶다만, 어떠냐, 수상쩍던가?"

"예, 무척."

솔직히 가이카쿠는 너무나도 수상쩍다.

그것은 아르헤나 백작에게 무척 좋은 소식이었다.

"뭐라고 할까…… 도저히 기사단장으로는 보이지 않습니다. 정말로 소문대로, 정체불명의 인상을 유지하려는 듯했습니다. 배우가 『수상한 남자』를 연기하는 것 같은 느낌이었습니다."

"그런가……. 그렇다면 일대일로 대화하는 건 피해야겠군."

"그것이 현명할 듯 싶습니다."

'좋았어!'

아르헤나 백작, 40대 전반.

이미 손자도 있는 남자는, 마음속으로 승리의 포즈를 취했다.

자신이 먼저 『무슨 일이 있어도 단둘이 있어서는 안 된다!』라고 하면, 집사도 자신을 의심스럽게 생각할 거다.

하지만 집사가 보기에, 혹은 다른 사람이 보더라도 『단둘이 있는 건 피하는 게 좋을 것 같다』라는 인상이라면, 만남을 피하더라도 부자연스럽지 않다.

"그런가…… 기사단장과 일대일로 만나지 않는 건 유죄를 의심받을 수도 있겠지만, 상대가 그렇다면 어쩔 수 없겠군."

"예, 그러는 편이 현명할 것이라 봅니다."

"와사트 백작은 직접 만났다고 하던데…… 내가 물러서면 심증을 나쁘게 만들지 않겠나?"

"그건 젊기에 벌인 만용이겠지요. 아르헤나 백작님께서는 위험한 다리를 건너셔서는 안 됩니다. 듣자니, 티스트리아 님조차도 그에게 조종당하고 있다는 소문마저 있습니다."

"시민들의 근거 없는 소문은 술자리의 농담거리 정도로만 해 둬라."

"죄송합니다."

'좋아. 일이 잘풀리는군……'

아르헤나 백작, 40대 전반.

자기 자식과 큰 차이도 없는 집사와의 대화에 내심 춤을 추고 있었다.

"하지만 경계해서 나쁠 건 없지. 실례가 되지 않는 범위에서, 의심을 두도록 하지. 뭔가 이상한 건 있었나?"

"예, 수상한 요청이 있었습니다."

"……도리어 시원스러울 정도로군."

아르헤나 백작, 40대 전반.

일이 너무나도 지나치게 순조로워서 오히려 놀랄 정도였다.

"사실은 환영 파티에 자신도 물건을 내놓고 싶다는 요청이 있었습니다……."

"호오, 뭘 말이지?"

"술입니다."

"……혹시 날 바보 취급하는 건가?"

아르헤나 백작은 어이없다는 표정을 지었다.

아르헤나 백작이 엄청난 술 애호가, 참으로 술에 정통한 인물이라는 사실은 유명했다. 오히려 적극적으로 퍼뜨리고 있다.

하지만 아무리 그래도 수상한 남자가 가져온 『술』을 덥석 마실 정도로 바보는 아니다.

무언가 술을 내놓으면 마시겠다든지, 술을 내놓으면 마음을 터놓는다든지, 술을 내놓으면 죄를 인정하겠다든지…… 만난 적도 없는 녀석이 그렇게 여긴다면, 아무리 그래도 유감이었다.

"말씀하시려는 바는 알겠습니다만, 거절하면 의심을 살 수도 있습니다."

"그건…… 그렇군. 자기가 주빈인 파티에 술을 내놓는 건, 주최자인 내가 술을 좋아한다는 사실을 제외하더라도 평범한 행동이야."

"게다가 병 하나가 아니라 통으로 두 개를 가져왔습니다."

"파티 참가자 전원에게 나누어줄 수 있는 양이란 말인가?"

"예, 충분히 나누어줄 수 있지 않을까 합니다……."

예를 들면 와인을 한 병 주고서 『백작님 혼자 드시기를…… 정말로 혼자서만』 같은 소리를 한다면 대놓고 의심할 수밖에 없다.

하지만 그가 가져온 건 무려 두 통. 파티 참석자를 모조리 독살할 게 아니고서야, 독을 탈 리 없다.

"……상표는?"

"예?"

"술의 상표말이다. 뭐, 마음만 먹으면 그정도는 위장할 수 있겠지만……."

"자기가 직접 만든 술이라고 했습니다. 심지어 제게 귓속말로 밀주라고 하더군요……."

"나도 남더러 뭐라고 하긴 그렇지만, 당당하게 밀주라고 말하는 건 굉장하군. 혹시 기미도 마쳤나?"

"물론입니다. 파티에 낼 요리와 함께 먹었을 때의 반응도 확인했으나, 전혀 이상한 일은 없었습니다. 지금까지 아무 일 없는 것보면 지연성 독도 아닌 듯 합니다."

"그렇다면 꼼짝없이 파티에 내놓을 수밖에 없겠군……. 아니 잠깐만, 너무나도 당연해서 확인하진 않았는데, 맛은 어떻지? 맛이 별로라면 그걸 핑계로 거절할 수 있지 않나?"

술을 좋아하는 백작이다.

그것도 후배에게 술을 가르쳐줄 정도로 좋아한다.

그런 그의 집사인 젊은이도 당연히 술을 배웠다.

그 집사는 싱긋 웃었다. 이때의 그는 집사가 아니라 술에 대한 감상을 말하는 젊은이였다.

"초보가 만들었다는 말은 사실인 듯했습니다. 술에서 약간 잡맛이 느껴지더군요."

"뭐, 그건 그것대로 맛이 있다만……."

"예. 다만 그걸 감안해도 제법 맛있었습니다. 향기도 풍부하고, 도수고 낮고. 연배가 있으신 분부터 젊은 여성까지 즐길 수 있는 술이 아닐지요. 다만 그건 저조차 이제까지 마신 적이 없는 술이었습니다. 그 점이 수상하다면 수상합니다만……."

"네가 그렇게까지 말할 줄이야."

백작은 이 집사에게 고급품도 포함해서 많은 술을 시음시키고 있었다.

그것은 컬렉션을 자랑한다는 의미도 있고, 교양을 갖추게 만들고 싶다는 목적도 있었다.

그런 집사가 모르는 술이라니. 어쩌면 자신도 모르는 술일 가능성조차 있었다.

"어떻게 하시겠습니까? 요리의 맛에 맞지 않는다고 둘러대서 거절할 수도 있습니다."

"그건 그것대로 우리 가문의 체면 문제가 되지 않겠나. 오히려 이쯤 들으니 나도 마셔보고 싶군."

"죄송합니다. 의도치 않게 부추긴 꼴이 되었군요."

"괜찮다. 어차피 무례가 없도록 상대해야 하니까."

아무리 수상쩍다고 해도 그의 신원은 티스트리아가 보증하고 있다.

그녀가 추천한 자가 노골적으로 독을 탄 술을 내놓을 리는 없다.

속으로 그렇게 납득한 그는 산적의 흑막이라는 사실도 잊고서 파티를 기다렸다.

9

그리고, 아르헤나 백작의 성.

그곳의 파티장에는 지역의 명사들이 모여 있었다.

그들의 목표는 물론 주빈이다.

현재 소문이 떠들썩한 『기술 기사단 단장 가이카쿠 히쿠메』다.

"게히히히! 기사 총장, 티스트리아 님의 충실한 종복! 기술 기사단 단장, 가이카쿠 히쿠메입니다! 신사 · 숙녀 여러분! 모쪼록 잘 부탁드립니다!"

'굉장해! 정말로 소문 그대로야! 광대로밖에 안 보여!'

'이런 게 기사단장이라고?! 잘하면 나도 할 수 있는 거 아냐?!'

'속임수 운운이 정말 잘 어울리는군. 기사단이라고 하기에는 도저히…….'

그림으로 그린 것 같이 이상한 사람을 연기하는 가이카쿠를 보고, 신사 · 숙녀들은 전율하고 있었다.

이것이 기사단의 단장, 그것도 기사 총장이 추천했다고 그러니까 놀랄 수밖에 없었다.

차라리 그런 설정의 광대라 생각하고 싶은 참이지만, 정말로 기사단의 단장이니 황당할 따름이다.

"오늘은 여러분을 위해! 제 비장의 술을 가져왔습니다! 신사 · 숙녀 여러분, 부디 즐겨주시길!"

그리고…… 그런 그가 가져온 술.

사람을 취하게 하는, 일종의 약이라고 해도 과언이 아니다. 맛에 따라서는 알코올 도수를 속여서, 신경 쓰이는 상대를 침대로 끌어들일 수도 있다.

평범한 술도 그런데, 하물며 악의를 가지고 무언가를 넣는다면,

대상을 제거하는 건 어려운 일도 아니다.

하지만 이 자리는 그런 자리가 아니다.

몹시 수상쩍기는 해도, 기사단장이 내놓은 술이다. 게다가 영주의 파티에서 불특정다수에게, 같은 통에서 술을 나누어주고 있었다.

이 자리 모두를 한꺼번에 독살할 게 아니고서야, 무언가를 꾸미는 것은 불가능하다.

그리고 고급 유리잔.

술을 따른 그것을 손에 들고 손님들은 쭉, 들이켰다.

"어머나……."

"오오……."

남녀불문, 황홀해했다.

아르헤나 백작 정도는 아닐지라도, 입이 고급인 손님들이다. 그런 그들이 모두 마찬가지로, 취기가 아닌 도취에 빠져 있었다.

"무척 마시기 편해…… 향기도 좋고, 무슨 술일까?"

"특이한 분이 가져왔다 해서 진귀한 술이 나오나 싶었는데…… 하하하, 반대로 의표를 찔렸군요."

"이런 술을 구하시다니, 역시나 아르헤나 백작님이로군요. 저로서는 무슨 술인지 전혀 모르겠습니다."

"나도 잘 모르겠지만 정말 좋은 술이군. 질이 낮은 것도, 의미없이 도수만 높은 것도 아니면서, 까다롭지도 않아. 어떤 안주에도 어울리겠어…… 숙취도 없을 것 같군."

만화 같은 오버 리액션은 없지만, 모두가 진심으로 술이 맛있다며 칭찬했다.

백작가의 파티에 초대된 사람이라도 나이나 성별은 제각각. 즉, 기호는 저마다 다를 터였다.

그런데도 모두가 『무난하게 맛있다』라고 칭찬하는 것은 조금 기묘하게 느껴졌다.

'지나친 생각이겠지…….'

그런 생각에 빠지려던 아르헤나 백작은 자조하며 그 생각을 고쳤다.

백작가의 파티에서 기사단장이 내놓은 술이, 특별히 맛이 진한 것도 아니고 도수가 높은 것도 아니라면, 보통은 무난하게 칭찬한다.

따라서 아르헤나 백작은 조금 안심했다.

그리고 이때, 가이카쿠에게 말을 건넸다.

"가이카쿠 히쿠메 경. 아무래도 다들 당신의 술에 만족한 모양이야."

"오오, 백작님! 여러분께서 기뻐해 주셔서 저도 안심했습니다, 예! 백작님의 테이블을 더럽히지 않아서 그저 안도했을 따름입니다!"

"……부끄러운 이야기지만, 나는 조금 의심에 빠져 있던 모양이야. 당신이 술에 불순한 것을 섞는 녀석이라 경계해서, 이제까지 마시지 않았거든."

"오오……."

"뭐, 파티에 내놓을 때까지는 비밀이었다는 걸로."

"예, 물론 잘 압니다! 그럼 맞히기를 기대해도 되겠습니까?"

"그래, 기대에 부응하도록 노력하지."

출석자들은 모두 이미 술을 마시고 있었다.

모두가 『마신 적이 없는 술이다』라며 고개를 갸웃거렸다.

그리고 마침내, 술 맞히기의 명수가 그 술을 마시려 한다.

내빈들 및 가이카쿠, 그리고 저택의 사람들은 모두가 그 모습을 보고 있었다.

"그러면 우선, 모두가 칭찬하는 향기부터……."

마치 소믈리에처럼 그는 잔에 코를 가져다 댔다.

그리고 지극히 평범하게 냄새를 확인했다.

맹세하고 그는 그것밖에 하지 않았다.

가이카쿠가 커튼으로 가리고 있었다든지, 그런 일은 없었다.

여러 사람이 보는 앞에서, 가이카쿠의 협력자도 무엇도 아닌 아르헤나 백작은 정말로 그것밖에 하지 않았다.

그는 술을 한 방울도 마시지 않은 것이었다.

"?!"

그 순간, 아르헤나 백작의 안색이 바뀌었다.

백작이고, 손자가 있고, 파티의 주최자.

그런 그는 모두의 주목이 모인 가운데, 목소리를 애써 억누르며 얼굴이 굳어졌다.

"무슨…… 어…… 어?!"

그리고 부자연스럽게 가이카쿠를 봤다.

마치 등을 찔린 것처럼, 그는 안색이 싹 바뀐 것이었다.

그 모습에 내빈들도 놀랐다.

"이, 이, 이, 이 자식?!"

"왜 그러시죠, 백작님?"

가이카쿠만큼은 시치미를 뗐다.

하지만 그렇게 시치미를 떼는 모습이 너무나도 확실하게 이야기했다.

계획대로 일이 진행된다고, 크게 웃는 것이었다.

"이봐! 너희들! 이건 정말로, 같은 술통에서 내놓은 거겠지?"

"아, 예!"

"이럴 리가?!"

백작은 흐트러진 모습으로도 떨리는 손을 애써 누르며, 술이 들어 있는 잔을 테이블에 놓았다.

그리고 그대로 예의를 잊은 것처럼, 다른 손님이 비운 술잔을 빼앗고는 그 안에 남은 냄새를 확인했다.

"이럴 리가, 이럴 리가, 이럴 리가?!"

숙녀가 든 술잔마저도 그는 코를 집어넣었다.

너무나도 품위 없는 행위로 보였지만 그것을 아무도 책망할 수 없었다.

그의 행동이 아무래도 이상했으니까.

평소의 아르헤나 백작을 아는 사람이 보기에는 경천동지할 이상이었다.

"이럴 리가!!"

"무엇을 그렇게나 이상하게 여기시는 겁니까, 아르헤나 백작님?"

하지만 가이카쿠만큼은 득의양양하게 웃고 있었다.

"저 술을, 물리도록 할까요?"

"그만!!"

이상했다. 너무나도 이상했다.

예를 들면 그가 이 중에서 가장 처음에 술을 마셨다가 흐트러졌다면 이해할 수 있다.

그 술에 무언가를 했느냐고 의심할 수 있다. 아니, 그것 말고는 생각할 수가 없었다.

그러나 이미 대부분이 그 술을 마시고 있었다. 하지만 누구에게도 이상한 일은 벌어지지 않았다.

모두가 걱정하며 서로를 봤지만, 아무도 흥분 상태가 되지는 않았다.

("그의 술에만 무언가를 섞었나? 냄새만으로 제정신을 잃을 법한, 위험한 약을⋯⋯?")

("아니, 그건 아니겠지. 술잔은 이 저택의 물건. 우리가 사용하는 것과 똑같아. 백작 전용의 특별한 술잔도 아니야.")

("게다가 통에서 술을 따른 것도, 술잔을 가져온 것도 이 저택의 사람이야!")

("매수당했나? 아니, 그런 것치고는…… 저택 고용인들이 전부 새파래졌어.")

대체 무슨 일이 벌어지는 것인가, 모두 알 수가 없었다.

아니, 알고 있는 것은 가이카쿠와…….

"어떻습니까, 백작님. 괜찮으시면 남은 통 하나를 열어볼까 싶습니다만?"

"……!"

다름 아닌 백작 자신이었다.

그렇다, 아르헤나 백작은 제정신을 잃지 않았다.

가이카쿠를 제외하고 그만이 상황을, 이상을 파악하고 있었다.

"……."

그는 애써 냉정해지려고 했다.

그 모습을 보고 손님들이나 고용인들도 안도했다.

그가 다음으로 무엇을 할 것인가, 조용히 지켜보고 있었다.

"이런, 이런, 볼썽사나운 모습을 보였어."

어떻게든 그는 태연한 척을 하려고 했다.

솔직히 말해서 전혀 감추지 못하고 있지만, 어떻게든 정상인 상태로 되돌리려고 했다. 그것만큼은 고마운 일이었다.

"가이카쿠 경, 이 술에 대해서 말인데…… 괜찮다면 나중에…… 내 방에서 일대일로 대화를 나눌 자리를 마련하고 싶군."

"게히히히히! 백작님! 바라던 바입니다!"

백작이 스스로 『일대일』 대화를 원한다고 말을 꺼냈기에, 고용인들이나 일부 내빈들도 놀란 모습을 감추지 못했다.

이 수상한 남자와 밀담을 나누려고 하는 생각을 이해할 수가 없는 것이었다.

그것도 이 파티에서, 모두가 듣고 있는 앞에서 약속하다니 평범하지 않았다.

"이만한 술을 내놓으셨으니, 나도 컬렉션 일부를 딸 수밖에 없겠군. 너희들, 컬렉션의 병을, 『위』에서 가져와라."

"아, 예!!"

"오오…… 그럼 제가 술을 더 내놓는다면 너무 많겠죠. 술을 적당히 즐기는 것이 신사…… 제가 가져온 다른 한 통은 그대로 두는 걸로."

대체 무슨 일이 벌어진 것인가, 두 사람을 제외하고는 파악하지 못했다.

그리고 모두가 기술 기사단의 의미를 깨달은 것이었다.

'어떤 트릭을 부린 거냐?!'

10

모두가 곤혹스러워하는 가운데, 파티는 끝이 났다.

백작은 고용인이나 가족들이 걱정하는 가운데도, 하지만 그들을 설득하고 개인실로 가이카쿠를 불렀다.

그의 성안에 있는 개인실에, 가이카쿠와 백작 외에는 텅 빈 술

통과 아직 내용물이 들어 있는 술통밖에 없었다.

"백작님…… 이것 참, 설마 그렇게까지 흐트러지실 줄이야…….
솔직히 말해서 감개무량. 그저 과분할 따름입니다."

"과분하다고? 그야말로 나쁜 농담이군, 그런 소리나 할 때가
아니야……!"

웃고 있는 가이카쿠와 달리 백작은 화난 것 같은, 곤혹스러운
것 같은 표정을 짓고 있었다.

"귀공은, 대체 누구냐?! 어째서 저렇게나, 저만큼…… 크게 베
풀 수가 있지?!"

백작은 자신의 술잔 향기를 맡은 뒤, 허겁지겁 다른 술잔을 확
인했다.

자신의 술잔과 남의 술잔에는 다른 술이 들어 있을 것이라고.

그리고 백작은 확인한 것이다, 모두에게 같은 술을 나누어 주
었다고.

"귀공이 모두에게 베푼 술은…… 그리고 이 통에 남아 있는 술
은! 역사 속으로 사라졌다는 3대 희주(希酒) 중 하나! 캬라라가 아
닌가!"

"게히히히히히히히! 그렇지요! 제조하는 것이 법으로 엄히 금
지된, 금기의 술입니다!"

아르헤나 백작이 꿰뚫어 보았다시피, 가이카쿠가 베푼 술은『
캬라라』였다.『3대 희주』로 손꼽히는 위법한 술이었다.

아르헤나 백작은 술 맞히기에 성공했다. 바로 그렇기에 이렇게

까지 놀란 것이었다.

"이 세상에 나오는 것이 금지된 것에는! 반드시 상응하는 이유가 있지요! 그것은 반드시 만인이 납득하는 이유라고 단정할 수는 없습니다! 그러나, 그러나, 그러나! 이 캬라라, 듣자니 만인이 납득할 수밖에 없는 이유로, 제조가 금지된 술입니다!"

이 캬라라는 법으로 제조가 금지된 술이다.

금지된 이유도 다소 특이하다.

마약 같은 중독성이 있다? 아니다.

사실은 인체에 유독하다? 아니다.

적국에서 고안한 술이니까 전시 중에 금지당했다? 아니다.

씹어서 만드는 술처럼 위생적이지 않은 제조법이었다? 아니다.

그렇게 언뜻 떠오르는 이유가 아니다.

하지만 들어보면 지극히 단순하고 알기 쉬운, 이론의 여지가 없는 이유다.

"당연히 알고 있다! 캬라라 나무가, 원목이 절멸했으니까!"

3대 희주 중 하나, 캬라라.

이 술의 특징은 『통』에 있다.

이 술의 이름 유래가 된, 『캬라라』라는 나무를 사용한 통으로 숙성시킨 이 술은, 같은 재료로 만든 술보다도 맛이 좋고 향기도 좋아진다고 한다.

그런 캬라라라는 술의 제조가 금지된 것은, 캬라라 나무가 지나치게 벌채되어서 멸종될 지경이었으니까.

"예, 그렇지요! 캬라라라는 술은 남녀노소 인기가 폭발. 그렇기에 캬라라 나무로 만든 술통의 수요가 늘어나서 마구 베어버렸죠. 그 결과 자원의 고갈이 걱정되어 국가의 법으로 제조가 금지되었습니다. 하지만 때는 이미 늦어서, 고갈 직전이었기에, 도리어 수요가 늘어나서 몰래 베어내기 시작하고, 끝내는 멸종되었죠."

국가는 그것을 막고자 법률로 제조를 금지했다. 하지만 때를 맞추지 못하여 나무는 멸종되고 법률만이 남았다.

술 자체에 죄는 없지만, 굳이 따지자면 너무 맛있었다는 것이 죄였으리라.

그 직격을 당한 것이 술통의 원재료인 캬라라 나무였으니까 웃을 수가 없다.

"하지만 술 그 자체는 누구라도 즐길 수 있는 맛있는 술. 마시는 것도 소유하는 것도 위법이 아니었습니다. 덧붙여서 술이라는 물건의 특성상, 장기 보존도 가능했습니다. 그렇기에 맛을 아는 사람도…… 없지는 않죠. 당신도 그중 하나였나 보군요."

"……어릴 적, 아버지가 마시게 해줬지. 아버지가 『특별한 술이다』라면서…… 처음 마신 술이었다."

아르헤나 백작은 죽은 아버지를 잠시 생각했다.

하지만 그것을 금세 그만두고 가이카쿠를 노려봤다.

"나도 마신 건 한 번뿐이야. 아마 시중에서는 진즉에 전부 사라졌을 테지. 품위 없는 표현이지만…… 혹시 통 하나가 시장에 나온다면 가격이 붙지 않을 정도의 물건이 되겠지. 물론 좋은 의미이다만."

"하하하! 다들 소동을 좋아하니까요! 진귀하다는 것만으로 가격을 잔뜩 올려대겠죠!"

"귀공은 그것을 아낌없이 베풀었지. 이름마저 이야기하지 않고…… 제정신으로 할 짓이 아니다."

희소가치를 아는 사람으로서는, 보석이 든 주머니를 나누어주는 것보다도 황당한 대접이었다.

그렇기에 아르헤나 백작은 깜짝 놀라서 모두의 술잔을 확인한 것이었다.

"아니, 제정신인지 그 이전에…… 어째서 통을 두 개나 가지고 있지? 게다가, ……어린 통이야. 창고에 우연히 남아 있던 술통을 찾았다는 이야기로는 설명이 안 돼!"

"그런 것까지 알아보십니까? 뭐, 맞습니다. 저는 실물을 갖고 있으니까요."

"설마, 귀공……!"

"게히히히히히히!"

가이카쿠는 유쾌하게 웃었다.

"저는, 캬라라 나무의 모종을 가지고 있습니다."

"……!!!!"

"물론 앞으로도 심을 예정입니다. 그러니까 제게 저 통은 그리 희귀한 게 아닌 거죠. 팔아치울 정도의 양은 아닙니다만, 이렇게 파티에서 베풀기에는 충분한 양을 양산할 수 있습니다."

세상에 이 소식이 퍼지면 살인이 일어나도 이상하지 않은 이야기였다.

품위 없는 이야기이지만, 그만한 금액이 움직이는 것이었다.

"뭐, 보통은 사기라고 웃어넘길 참이지만, 이렇게 실물을 본 당신은 의심하진 않겠지요. 아니, 의심하더라도 또 다른 통에 대해서는 믿어주실 터."

"……."

"어떻습니까? 저는 넘겨드려도 상관없습니다만?"

이때, 아르헤나 백작은 냉정해졌다.

"……일단, 말해두지."

"말씀하시지요."

"몹시 노골적인 표현이지만, 설마 『이 술을 원한다면 모든 죄를 인정해라』 같은 소릴 하러 온 건 아니겠지?"

이곳에 찾아온 당초 목적의 이야기로 돌아갔다.

아무리 술이 좋다고 하더라도, 아무리 추억을 술이라고 하더라도, 이것과 맞바꿔서 모든 것을 내려놓겠느냐는 이야기다.

아르헤나 백작도 그렇게까지 바보가 아니다.

"설마요."

가이카쿠는 노골적으로 어깨를 으쓱였다.

"솔직히 말씀드리자면, 저는 『진실』을 밝힐 생각이 없습니다."

옳든 그르든 받아들이겠다는 이야기가 아니라, 알고도 넘어가겠다는 느낌이었다.

"제가 알고 싶은 것은 산적이 있는 장소뿐. 산적들을 붙잡아서 처벌하여 피해자들을 후련하게 해주고, 앞으로 한동안 산적 행위가 가라앉으면 그것으로 충분합니다. 당신이 이 일에 어떻게 엮여 있는지, 표면상으로 끌어낼 생각 따위는 털끝만큼도 없죠."

"……놈들의 장소를 찾겠다. 도와라."

"예, 원래 그럴 예정이었습니다."

아르헤나 백작은 어느 정도 해답을 알고서, 질문을 던졌다.

"붙잡은 산적이 나를 함정에 빠뜨리려고 할지도 모르지 않나?"

"아, 그렇군요. 그런 소문도 있으니까요. 하지만 다행이라고 해야 할까요. 당신에게는 무실을 입증해 줄 의형제가 있군요. 그리고 마침 현장에 있는 제삼자(저)도 있고요."

그렇다. 아르헤나 백작은 이 시점에서 떠올렸다.

이 남자는 자신보다도 먼저 와사트 백작을, 또 하나의 책임자를 만났다고.

"이 세 사람이 함께 웃어넘기면, 그런 소문은 바람과 함께 사라지겠죠."

"……."

이것이 기술 기사단의 단장.

아르헤나 백작은 그의 역량을 마주하고 힘이 쭉 빠졌다.

그는 항복했다는 듯이 개인실 안의 의자에 앉았다.

"기술 기사단, 단장, 가이카쿠 히쿠메 경."

"예."

"이번에는 우리 영지를 소란스럽게 만든 산적을 토벌하러 와주시어, 무어라 감사를 표현해야 할지 모르겠군요. 우리 영지에서 벌어지는 일임에도 무력한 것이 그저 부끄러울 뿐……."

어떠한 무법자보다도 정치가가 더 악랄하다.

정말로, 세계는 높으신 분이 이기게 되어 있다.

"전면 협력을, 약속드리겠습니다."

"제가 왔으니 이제 안심하시길. 만사 맡겨주십시오."

그리고 일대일로 만난 시점에서, 상대에게는 이야기를 받아들일 준비가 되어 있었다는 의미였다.

11

밤도 깊었을 무렵.

밀담을 마친 가이카쿠는 자기 부하들에게 돌아왔다.

기술 기사단에게 주어진, 무척 질이 좋은 여관.

그 안에서 특히 넓은, 기사단장의 방 안에서 가이카쿠는 득의양양하게 지도를 펼치고 있었다.

"아르헤나 백작은 산적이 잠복한 장소를 이미 계산해 낸 모양이다. 이 근처 마을의 빈집 세 곳에 분산해서 숨어 있다고 하더군."

아르헤나 백작이 통치하는, 성 아랫마을이 그려진 지도. 그곳에는 세 장소에 표식이 그려져 있었다. 그곳에 산적들이 숨어 있다고 한다.

"이것 참, 역시 백작! 잘도 추적하셨구만!"

백작의 표현으로는, 그가 터무니없이 우수한 남자라서 산적의 아지트를 금세 전부 조사했다는 시나리오가 되었다.

하지만 거기까지 알고 있다면, 아르헤나 백작 본인이 병사를 보내어 붙잡으면 그만이지 않은가.

오히려 장소를 알고 있는데도 행동에 나서지 않는다는 사실 자체가, 아르헤나 백작의 결백을 부정하고 있었다.

"역시 족장님…… 훌륭해요. 다들 납득하겠지, 우리 족장님의 위대함을!"

수인 고기동 척탄병대의 고참진은 같은 부대의 신인들을 향해 자랑스레 웃었다.

"예…… 정말 굉장하다고 생각해요!"

신인들은 또 신인들대로, 가이카쿠를 존경의 눈빛으로 보고 있었다.

"……다들 알았지. 어르신은 굉장히 우수해서, 우리가 무엇을 걱정한들 의미가 없다고."

한편 다크 엘프 야간 정찰대의 고참진은 같은 부대의 신인들에게 체념하듯 말했다.

성가시면서도 유능하기 짝이 없는 이 남자의 부하라는 사실을 이제는 받아들일 수밖에 없다고 깨달은 모양이었다.

"……이 사람을 적으로 돌려서는 안 된다고, 잘 알았어요."

다크 엘프 신인들은 이 결과를 전율과 함께 받아들이고 있었다.

가이카쿠 히쿠메를 적으로 돌린다면 그 말로는 빤히 보일 것이다.

"어떤가요, 벨린다 씨! 선생님은 굉장하죠!"

"아니~~…… 굉장하다고 할까, 이 작전이 잘 풀렸다는 사실 자체가 놀라운데."

소시에는 흥분한 기색이지만 벨린다는 싸늘했다.

결국에 진귀한 술을 준 것뿐이 아닌가. 그것 자체는 가이카쿠가 말한 그대로 돌아갔지만, 그것으로 자신의 범죄를 밝힌 아르헤나 백작의 마음을 알 수가 없었다.

"진짜로 진귀한 술을 내놓았을 뿐이잖아. 그런 걸로 제대로 풀렸다고?"

"좋은 착안점이네."

벨린다의 의심에 가이카쿠는 호의적이었다.

"혹시 내가 술통 두 개를 『이건 카라라입니다』라면서 줘봐야, 상대는 마시려고 하지도 않겠지. 하물며 자백은 절대로 나오지 않겠지."

"그럼 어째서 제대로 풀린 건데."

"남의 물건이라도, 가치도 말하지 않고 마구 뿌리면 아까워지지. 그걸 피하기 위해서라면 대부분의 일은 받아들일 수 있어. 호사가라는 건 그런 구석이 있지. 그것이 자신의 파멸로 이어지지 않는다면 더더욱, 말이야."

가이카쿠가 그저 솔직하게 『전부 자백하시죠』라고 했다면, 아무리 아르헤나 백작이라도 받아들이지 못했을 것이다.

도망칠 길을 줬기에 이야기가 원활하게 진행된 것이었다.

"원래부터 대단한 이야기가 아니었는데 피해가 발생하는 바람에 일이 조금 꼬인 것뿐이야. 얼른 해결하지 않으면 선량한 시민이 불쌍해."

가이카쿠는 흉악하게 웃었다.

그것은 그야말로 악인의 웃음이었다.

"교섭은 마쳤고, 장소는 파악했어. 도구는 준비해 줄게, 전술도."

그리고 가이카쿠는 기사단장의 얼굴로 바뀌었다.

"전원 붙잡아라, 하나도 놓치지 말고."

지극히 당연한, 하지만 양보할 수 없는 일선. 그것을 듣고 부하들은 숨을 삼켰다.

12

아르헤나 백작의 영지…… 그곳에서도 시가지.

주택가 구석에 있는, 비교적 통행인이 적은 지역에 있는 정원 딸린 외딴집.

1층 건물이면서도 그럭저럭 넓이가 있는 그곳에, 산적 패거리가 다섯 정도 숨어 있었다.

그러니까 그 집에 살고 있었다. 억센 남자들 다섯이 외출도 하지 않고서 동거 중이었다.

솔직히 말해서 이들 다섯은 힘겨운 상태이지만 어쩔 수 없다고도 할 수 있었다.

이 나라의 최정예인 기사단이 왔으니, 몸을 숨길 수밖에 없었다.

그들 다섯은 갑갑한 기분을 견디며 기사단이 돌아가는 날까지 기다릴 태세였다.

"하아…… 기술 기사단, 이었던가? 그 녀석들, 언제 돌아갈까."

"기사단도 한가하진 않겠지, 뭣하면 처음부터 잠깐 왔다가 그대로 돌아갈 생각이었을 수도 있어."

"틀림없어, 엄청 시시한 나쁜 짓밖에 안 했으니까."

"애당초 기사단이 나오실 정도의 이야기인가?"

그리고 이 산적들은 아르헤나 백작에게 고용되기 전부터 악당이었다.

실제로 그들은 지금도 악행을 꾸미고 있었다.

"뭐, 백작님도 기사단이 나오셨으니 질렸겠지. 이 일도 이젠 끝이겠네."

"그래서, 얼마나 뜯을 수 있을 것 같아? 백작님, 꽤 버는 모양이니까."

"백작님한테 받은 돈도 사냥감한테 뺏은 것도, 이미 전부 다 써 버렸으니까 말이지."

"우리는 약점 그 자체야, 얼마든지 조를 수 있을 거라고."

그들은 행복했다.

뜻을 같이하는 동료가 있고, 보호해 주면서 돈까지 주는 권력자가 있다.

이런데 무엇을 두려워하겠는가, 모두가 밝은 미래를 그리고 있었다.

하지만 행복한 미래를 보다 보면 발밑이 보이지 않는 법이다.

13

전날 드워프와 함께 수인과 다크 엘프가 열 명씩 추가되었다.

이미 같은 종, 그것도 자신들과 같은 낙오자가 있었다는 사실에 그녀들은 조금 안심했다.

여하튼 선배들은 무척 건강해 보이는 것이었다.

적어도 음식이나 수면에 있어서는 인색하게 굴지 않는다. 그렇게 생각한 것이었다.

뭐, 그것은 정답이었다. 정답이었지만…….

이러쿵저러쿵하는 동안에 기사단 본부 근처로 이동하고, 게다가 수상한 무기 사용 방법을 배우고, 이것을 사용해서 싸운다는 말까지 들었다.

수상쩍은 종교 단체의 첨병이 된 것은 아닌가, 그녀들은 두려워하고 있었다.

실제로 아주 틀리지는 않았다.

그런 그녀들도 선배들과 함께, 산적 다섯이 잠복 중이라는 집 포위에 참여했다.

'뭔가 굉장한 일이 되었어…….'

'왜 갑자기 기사단에 들어가게 되었을까…….'

물론 마음의 준비 같은 것은 되어 있지 않고.

하지만 사회인이 된다는 것은 그런 일이라, 그녀들도 익숙해졌으면 했다. 그러지 않으면 도움이 되지 않는다.

"좋아, 다들. 지금은 우리끼리만 할 테니까, 잘 보고 있어. 다음은 너희도 참가하고, 세 번째는 너희끼리만 할 거야."

선배 다크 엘프들은 후배들에게 견본을 보이겠다고 말했다.

산적은 세 곳으로 나뉘어서 숨어 있다니까, 습격을 세 번 반복한다고 한다.

임무를 연습으로 이용한다는데, 신입들은 선배의 익숙한 모습에 기겁할 수밖에 없었다.

"예……."

그녀들은 기겁하면서도 그저 따를 뿐이었다.

거스를 기력 따위가 있을 리도 없었다.

"그러면 순서대로……."

다크 엘프 야간 정찰대 열 명이 몰래, 커다란 시트를 가지고 정원을 나아갔다.

그녀들의 신발은 군용 고무 덧버선이었다. 정말로 그렇게 표현할 수밖에 없는, 은밀성에 뛰어난 신발이었다.

이 신발을 신고서도 가능한 한 조용히 나아가고 있기에, 열 명은 소음도 없이 조용하게 접근했다.

("우리는 문 앞에서 펼칠게.")

("우리는 창문 앞이겠네.")

그녀들은 가능한 한 소리를 내지 않도록, 그 시트를 집 출입구나 창밖에 놓았다.

집을 나선 자들이 첫걸음에 그것을 밟도록.

그것의 설치를 마치고 다크 엘프들은 몰래 철수했다.

그것을 지켜본 뒤, 수인 고기동 척탄병대 열 명이 투척물을 들고서 앞으로 나섰다.

"다들, 잘 보고 있어…… 기술 기사단이 싸우는 방법을."

수인들은 자신들『일족의 이름』을 입에 담으며 긍지 높은 표정을 짓고 있었다.

"전원, 투척!"

척탄병인 수인들은 이번에도 『폭발물』을 던져 넣었다.

하지만 이번에는 수류탄, 폭약 구슬이 아니었다. 그렇다고 소이탄 같은 위험한 물건도 아니었다.

조금 더 안전한, 연기 구슬이었다. 열기를 내지 않고 그저 연기만 날 뿐인 물건. 도주할 때 눈을 가리려고 사용하기도 하지만, 이번에는 용도가 달랐다.

"이렇게 하면 나오겠지…… ."

와장창 창문이 깨지고 안으로 연기 구슬이 들어갔다.

당연히 연기 구슬은 상당한 양의 연기를 실내에 퍼뜨리고, 깨진 창문으로 그것이 넘쳐 나왔다.

이 연기에 독성은 크게 없었다. 들이마셔도 살짝 기침이 나오는 정도일 것이다.

하지만 그 사실은, 내부에 있는 자로서는 알 수가 없으니…….

"여, 연기?! 뭐냐, 불이냐?!"

"젠장, 뭔가 밖에서 던져 넣었다고?!"

"우리를 태워 죽일 셈이냐?!"

원망을 샀다는 자각이 있는 산적들은 허둥지둥 집에서 탈출하려고 했다.

하지만 자신들이 오래 살았던 집도 아니니까 어디에 출입구가 있는지 알 수가 없었다.

연기 안을 우왕좌왕하고 벽에 부딪히기도 하면서도…….

그들은 어떻게든 집에서 탈출했다.

신선한 공기가 있는 쪽으로 뛰쳐나온 그들, 그리고 첫걸음에 밟은 것은…….

점착성 시트였다.

"어, 어어어어?!"

멋지게 구른 그들은 그대로 시트에 들러붙었다. 그야말로 생쥐처럼.

온몸이 점착 시트에 착 달라붙은 그들은 무슨 일인지 영문도 모르고서 버둥거렸다.

그야 그럴 것이다. 숨어 있던 곳에 불이 났다고 생각해서 도망치려고 했더니 갑자기 쥐덫에 걸렸으니까.

몸이 거의 아프지 않은 탓에 도리어 더더욱 버둥거리며 최악의 상태에 빠져들었다.

"네, 네놈들은 뭐냐?!"

"젠장, 이건 대체……?!"

"끈끈이냐?! 젠장, 인간님한테 쓸 게 아니라고!!"

산적들이 그것을 깨달았을 무렵에는 이미 온몸이 끈끈하게 구속당한 상태였다.

"족장님 특제, 군용 점착 시트…… 일반적인 인간 남자라면 이것만으로 무력화할 수 있네."

"어르신이 주신 거니까요. 서서 밟는 것뿐이라면 모를까, 넘어져서 온몸이 달라붙어 버리면 손쓸 도리도 없겠죠."

쓰러진 산적들에게 다크 엘프랑 수인 선배들이 다가갔다.

그녀들의 손에는 밧줄이랑 재갈이 있었다.

"다, 다크 엘프와 수인?! 영문 모를 도구나 써대고, 집에 불을 지른 것도 네놈들이군……!"

"알겠느냐?! 우리는 인간이야, 엘프 정도는 아니지만 마법을 쓸 수 있어! 이 자세에서도 네놈들을 날려버릴 수 있다고!!"

"목숨이 아깝다면 냉큼 도망쳐라!!"

시트에 얼굴까지 달라붙어서, 그럼에도 허세를 부리는 다섯 산적들.

어떻게든 그들은 탈출할 시간을 벌려고 했지만, 그녀들에게 그것은 통하지 않았다.

"수인이라고 해서 마법에 무지하다고 생각하는 건 곤란한데. 어엿한 마법사라면 모를까, 마법을 맛보기만 한 인간은, 땅바닥에 쓰러진 상태로 마법을 쓸 수는 없어."

"어르신이 그렇게 말씀하셨으니까, 그런 거겠죠."

"……!"

초급 마법을 쓸 수 있는 정도인 인간은, 주문이나 마법진의 의미도 모르는 채로 그저 모조리 외워서 그대로 쓰는 것뿐이었다.

그렇기에 『손 앞에서 나가는, 똑바로 날아가는, 탄』이라는 주문을 기억하더라도, 그것을 응용해서 『머리 위에서 나가는, 똑바로 날아가는, 탄』 같은 방식은 불가능한 것이었다.

따라서 조금 건드려 본 정도의 상대라면 팔을 묶기만 해도 무력화할 수 있다.

그리고 제대로 마법을 배운 사람이라도 완전히 무력화하는 방법은 있다.

"자, 입을 막아."

"그, 그만, 우우우우웁!"

입에 천이라도 물려서 제대로 발음할 수 없도록 만든다. 그저 그것만으로도 마법을 쓸 수 없게 되는 것이었다.

마법의 구조를 알고 있다면, 혹은 배웠다면 대책은 간단하다.

"자, 다들, 잘 봤지? 다음에는 우리도 협력하겠지만, 너희도 하는 거야!"

"괜찮아! 어르신과 엘프 포병대가 만들어 준 무기가 있다면 이런 녀석들은 간단하니까!"

"……여, 열심히 할게요."

그 솜씨를 보던 신입들은, 정말로 자신들이라도 할 수 있을 법한 작전을 보고는 도리어 오싹해졌다.

이렇게나 간단히, 인간 다섯을 구속할 수 있냐고.

비살상 병기, 그것이 얼마나 무서운지를 통감했다.

"……으헤, 진짜로 굉장한 솜씨야."

그 작전을 후방에서 보고 있던 벨린다도 같은 의견이었다.

"그렇죠, 그렇죠! 이것이 기술 기사단의 병기, 전술이에요!"

그런 그녀에게 선배처럼 구는 소시에는 참으로 득의양양했다.

"선생님은 뛰어난 마도 병기와, 그것을 살리는 작전을 우리에게 내려주신 거예요!"

후배 지도, 라는 의미에서는 그럭저럭 옳을 것이다.

여전히 무척 꼴사납게 보이는 모양.

"참고로 저 군용 점착 시트는 선생님의 지도로, 우리 엘프 포병대가 제작했어요! 굉장하다고 생각하지 않나요! 선생님도, 저희도!"

"그건 뭐…… 응."

소시에가 자랑하고 싶어 하는 기분, 신뢰하는 기분은 확실히 이해가 갔다.

이 포박극은 확실히 통쾌했으니까.

"벨린다랑 드워프들도, 틀림없이 좋은 역할을 받을 수 있어요!"

"어, 어어……? 우리가?"

"여러분이 이제까지 어떤 일을 했는지는 모르지만, 기술 기사단의 단원이 되었으니까…… 이제까지의 인생이 확 날아가 버릴, 그런 대활약이 기다리는 거예요!"

소시에는 뜨겁게, 뜨겁게, 미래의 희망을 이야기했다.

그것은 꿈을 꾸는 사람의 눈이 아니라 이미 꿈을 이룬 사람의 눈이었다.

"그, 그 정도로 해줘…… 기대, 해버리잖아……."

전의 직장에서는…… 광산에서 일하던 때, 벨린다 일행은 잡무 담당이었다.

어떤 의미로는 다른 단원보다도 혜택받은 환경이었을지도 모른다.

하지만 그럼에도 빛나는 시간 안에서 살던 것은 아니었다.

그렇기에 그녀 안에도…… 포기했던 꿈이, 맺힌 마음이 확실하게 남아 있었다.

"그 기대! 선생님께서 부응해 줄 거예요! 이루어 줄 거예요! 당신들의 상상을, 아득히 뛰어넘어서!"

그리는 것 이상의 꿈이 있다, 소시에는 어디까지고 뜨겁게 이야기하는 것이었다.

14

그리고 아르헤나 백작령을 찾은 기술 기사단.

너무나도 정체를 알 수 없는 집단이, 영민들을 마을 중심에 모으고서 연설하고 있었다.

"아르헤나 백작령의 선량한 시민 제군! 내가…… 그래, 내가! 저 아름답고 총명하고 용맹한, 기사 총장 티스트리아 님께 추천받아 기사단장이 된…… 기술 기사단 단장, 가이카쿠 히쿠메이올시다!"

정말로 기사단장이지만 전력으로 수상쩍었다.

선량한 시민들의 머릿속에서는 경계심이 경보를 울리고 있었다.

"이번에는 선량한 시민 여러분의 뜨거운 민의에 답하고자, 제가 달려왔지요! 여러분의 안녕을 위해 분골쇄신의 각오로 산적 토벌에 나설 것을 약속하죠!"

확실히 시민들이 기사단에 의뢰를 올렸지만, 그것마저도 의심하고 말 정도였다.

시민 중에는 학식이 없는 자도 있지만 그럼에도 알 수 있을 정도로 수상쩍었다.

"선량한 시민 여러분! 여기 우리를 봐주시길!"

가이카쿠가 소매로 가려진 팔로 가리킨 것은 커다란 우리였다.

그야말로 스무 명 정도가 들어갈 법한, 커다란, 목제 우리였다.

야외에 놓여 있으니까 무척 눈에 띄었다.

"바로 내가! 티스트리아 님께서 헤드헌팅하실 정도로 우수하고 유능한 내가! 여러분의 안전을 위협하던 산적들을 전원 이 우리에 처넣고! 여러분 앞에 내놓을 것을 약속합니다!"

그야말로 호언장담했다.

뭐, 기사단이니까 그 정도도 해주지 못한다면 곤란하다.

오히려 그런 기대를 받는 것이 기사단이라는 조직이다.

"그럼! 막을 올리겠습니다!"

어째선지 그 나무 우리에 천을 뒤덮었다.

마치 마술이라도 시작하는 듯한 연출이었다.

"3, 2, 1!"

펄러어어억, 가이카쿠는 그 천을 걷었다.

그러자 목제 우리 안에서 열다섯의, 칭칭 묶인 남자들이 나타난 것이었다.

"?!"

"자, 보시다시피! 선언을 지키는 것이 바로 나, 가이카쿠 히쿠메이올시다!"

너무나도 갑자기 『범인』을 내놓았기에 영민들은 경악해서 아무런 말도 못 하게 되었다.

물론 우리 안에서 사람이 출현하는 마술은 그럭저럭 유명하다.

바닥이 이중으로 되어 있고 거기서 나왔다.

천을 덮을 때 옆에서 집어넣었다.

등등, 다양한 트릭을 생각할 수 있었다.

하지만 이 경우, 어떻게 인간을 안에 넣었는지는 그다지 중요하지 않았다.

어제 이 영지에 막 도착한 남자가 어떻게 범인들을 붙잡을 수 있었나.

아니, 애당초 정말로 범인인가.

의심하는 영민들은 그 우리로 다가갔다.

"……이, 이 녀석이야! 내 마차를 빼앗은 건, 이 남자야! 틀림없어!"

"어, 어어! 그래! 나는 이 남자한테 얻어맞아서 뼈가 부러졌어!"

"틀림없어, 꿈에서도 본 얼굴이야!"

그 영민 중에는 산적 피해자도 섞여 있었다.

그들은 입을 모아 자신들을 덮친 산적이라고 증언했다.

그러니까 가이카쿠는 정말로 하루 만에 산적들을 전원 붙잡은 것이었다.

이렇게 되면 증언하는 이들 쪽이 현실을 의심하게 된다.

대체 이 남자는 무엇을 어떻게 한 것인가.

"헤, 헤헤헤…… 뭐, 뭐가 기술 기사단이냐! 이건 웃기는 짓거리라고!"

그에 대해서 대답을 던진 것은 다름 아닌 붙잡힌 산적들이었다.

마을 안에 숨어 있던 그들은, 자신들이 있는 장소를 알고 있던…… 아니, 피난 장소를 준비한 남자를 알고 있었다.

그가 가이카쿠에게 전면 협력했다면 이 상황은 간단히 설명할 수 있다.

"너! 이곳의 영주, 아르헤나 백작과 거래했군?!"

"마을에서도 소문이 돌고 있었을 테지? 아르헤나 백작이 산적을 보호한다고 말이야!"

"그건 사실이다! 우리는 아르헤나 백작의 명령으로, 이웃의 와사트 백작님이 싫어할 짓을 했다고!"

"우리가 있는 장소를 알던 건 아르헤나 백작뿐이야! 그 백작이 우리를 버렸을 뿐인데, 그걸 자기 공적처럼 이야기하기는!!"

산적들의 말에는 신빙성이 있었다.

실제로 진실이니까 그야 어긋나는 부분은 없었다.

하지만 가이카쿠는 그것을 듣고도 전혀 신경 쓰지 않았다.

'딱히 이대로라도 나는 그렇게까지 곤란하지 않아. 게다가……이제 곧, 진짜가 오거든.'

칭칭 묶인 채, 마구 떠들어대는 산적들.

그 욕지거리를 찢어발기듯이 두 남자가 나타났다.

"이것 참, 우리 소문이 산적한테까지 퍼졌을 줄이야."

"정정하는 것도 바보 같은 이야기지만, 기사단장 경에게까지 폐를 끼쳤으니 부정해야만 하겠지."

그 두 사람의 등장에 산적도, 영민들도 두려워서 벌벌 떨었다.

이곳의 영주 아르헤나 백작과 이웃 영주 와사트 백작이었다.

두 사람이 나란히 나타났기에 분위기가 단숨에 바뀌었다.

"나와 와사트 백작의 불화는 확실히 소문으로 돌고 있었지. 그것을 방패로 삼아서 나나 단장 경을 모함하려고 들겠지만, 우리가 직접 부정하겠다. 보다시피 우리 우정은 변함이 없어."

"아르헤나 백작이 나를 괴롭힌다니, 있을 수 없는 일이야. 이분이 그런 짓을 하지 않는다는 건 내가 누구보다도 잘 알아."

참으로 정치가였다.

이 두 사람은 위풍당당하게 나타나서 자신의 결백을 이야기했다.

"히쿠메 경이 이렇게 범인들을 일제히 붙잡을 수 있었던 것은, 우리의 작전이 제 역할을 다한 덕분."

"영지 사이에 숨은 산적을 붙잡는 것은 무척 어렵지. 그렇기에 나와 아르헤나 백작, 그리고 히쿠메 경은 협력해서 일망타진했다. 우리 두 사람에게 의욕이 없는 척을 하며, 몰래 녀석들의 거점을 찾았지. 그리고 가이카쿠 경이 나타났다는 소식을 들은 그들이 그곳으로 도망치도록 유도하고…… 히쿠메 경의 부하가 이들을 붙잡은 것이다."

이건 이것대로 이치에 맞는 이야기였다.

적어도 논리적으로 문제는 없었다.

하지만 버려진 산적들은 그럴 겨를이 아니었다.

"우, 웃기지 마라! 당신이 분명히 우리에게 명령했을 텐데!!"

"호오, 나는 네놈을 처음 보는데 무슨 말이냐. 애당초 괴롭히라고 명령했다는데, 내가 왜 와사트 백작에게 그런 짓을 하겠느냐."

"허…… 우리한테도 원한을 털어놓았을 텐데……!"

산적은 진실을 폭로했다.

"술 맞히기 대회에서 진 게 분하다고 말이야!"

"그런 어린애 같은 이유로 산적을 고용하겠나, 바보 같군."

아르헤나 백작은 후안무치라는 스킬을 사용했다.

주변의 영민들은 뭐, 응, 그러네, 라며 납득했다.

산적들은 그건 뭐, 그렇지만, 당신이 말했잖아, 라며 그만 말을 잃었다.

"하지만 확실하게 붙잡기 위해서라고는 해도…… 피해가 늘어난 것을 간과할 수 없는 것도 사실."

"이번 일로 피해를 보고한 자들에게는, 우리 두 사람이 포상을 내리겠다. 물론 예산이 아니라 우리 주머니에서 말이야."

두 영주는 나란히, 이 자리에 있는 피해자들에게 머리를 숙였다.

그 모습을 보고 『선량한 시민』들은 머릿속으로 계산했다.

"그렇죠! 그런 시답잖은 이유로 산적을 고용할 리가 없겠죠!"

"이것 참~~, 아르헤나 백작님과 와사트 백작님은, 사이가 좋으시군요!"

진위는 제쳐놓고, 백작 두 사람을 편드는 쪽이 이득이라고 생각한 것이었다.

실제로 양쪽 모두 이치는 맞으니까, 이익이 있는 쪽을 선택했다.

그리고 백작들의 말이 거짓말이더라도…… 어차피 죽는 것은 산적들뿐이다.

그렇다, 산적들 스스로 이런 대중 앞에서 『저는 산적입니다』라고 자백했다.

이 녀석들이 전적으로 잘못했는지는 제쳐놓고, 나쁜 짓을 했다는 것만큼은 확실했다.

"무, 무, 무슨……."

"게히히히! 산적들, 잘 기억해 둬라."

우리 안에서 묶인 채로 절망하는 산적들에게, 가이카쿠는 득의양양하게 말했다.

"이것이, 정의다!!"

15

산적 포박은 지체 없이 진행되었다.

그저 아이러니할 따름이지만, 아르헤나 백작을 끌어들이려고 했다가 도리어 자기 목을 조이게 된 것이었다.

그 자리에 있던 청중들 모두가 증인이 되어, 산적 전원 포박은 『사실』이 되었다.

그리고 아르헤나 백작의 흑막 의혹과 와사트 백작의 직무 태만도…… 일단 변명은 이루어졌다.

뭐, 실제로 기사단이 도착한 다음 날에 해결되었으니까 사건 자체를 보면 스피드하게 해결되었다고 못 할 것도 아니었다.

적어도 실행범은 붙잡았으니까, 피해자들은 어느 정도 울분이 가셨다.

그들의 입장에서도 백작이 흑막인지 어떤지는 알 수 없으니까, 직접적인 가해자가 벌을 받는다면 만족할 것이다.

이것으로 두 지방에서『가이카쿠 히쿠메가 이끄는 기술 기사단』의 무명(武名)이 울려 퍼진 것이었다.

무명인지 수상쩍지만, 울려 퍼진 것이었다.

그리고 당사자 셋.

아르헤나 백작, 와사트 백작, 그리고 가이카쿠 단장은 함께 개인실에 모여 있었다.

그곳에는 술통 하나가 놓여 있지만, 이제부터 축배를 들자는 분위기는 아니었다.

어딘가 딱딱하고 어색한 것이었다.

"우선은, 그렇군…… 음, 와사트 백작, 미안하네. 귀공에게 머리를 숙인다고 그만인 문제가 아니라는 건 알지만, 그래도 제대로 사과하고 싶네."

아르헤나 백작은 와사트 백작에게 머리를 숙이는 것이 무의미함을 알면서도, 하지만 그럼에도 사과했다.

"나는 귀공을 아래로 보고 있었어. 나는 스승이고, 귀공은 제자. 그러니까 계속 이길 수 있다, 적어도 술의 길에서는…… 그렇게 내려다보고 있었지. 그 결과, 패배했어. 아니, 패배한 것은 결과가 아니지. 패배한 것을 굴욕으로 느낀 나는, 결과적으로 음습한 괴롭힘, 범죄 행위로 치달았어."

아르헤나 백작은 순순히 자백했다.

정말로 자백해야 할 상대가 아님은 알면서도, 하지만『패배를 인정하고 싶지 않은 상대』에게 사과했다.

"조금 전 영민들 앞에서 『어린애 같은 이유』라고 그랬는데, 참으로 그 말 그대로였어. 그런 짓의 피해자인 영민 앞에서 잘도 떠들어댔지…… 정말로 부끄러운 남자야."

"……그건, 나도 마찬가지야."

와사트 백작은 역시나 사죄를 받아들이기 힘들었다.

그 자신도 자신의 태만을 인정하고 있었다.

"나는, 멋을 부리고 싶었어. 당신의 그 괴롭힘에 『어른의 대응』을 하려고 했지. 하지만 그것은 잘난 척하는 어른의 대응이야. 영민이 울고 있다면 강하게 항의하고, 엄하게 단속할 수 있었을 터. 그것을 게을리했으니까, 귀공의 사죄를 받아들일 수는 없어."

자신이 최선을 다했다면 이렇게 되지는 않았다.

적어도 영민에게 명백한 거짓말을 할 일은 없었다.

산적들은 심판받아야 할 악당이지만, 자신에게 죄가 없지는 않았다.

"……히쿠메 경, 다시금 사과를 하고 싶군. 이번에는 우리 체면을 지키면서 사건을 해결해 주었어."

"이렇게 시시한 사건으로 바쁜 귀공을 번거롭게 한 것…… 깊이 사죄하겠네."

"게히히히히! 무슨 말씀이십니까! 편하게 공적을 세울 수 있어서 저는 만족했습니다!"

가이카쿠만큼은 수상쩍게 웃었다.

그 광대 같은 행동에 두 사람은 놀라지 않았다.

이 자리의 두 사람을 중재하면 그만인 이야기였지만, 그것이 어렵다는 건 당사자이기에 잘 알았다.

그것을 간단히 해낸 그는 역시나 심상치 않은 자였다.

"게다가 뭐, 아르헤나 백작님의 당황한 모습을 볼 수 있었지요. 그건 참 진귀한 광경이었습니다!"

"음…… 그렇군, 그것도 볼썽사나웠어."

"아니, 내가 이 자리에 있어도 똑같이 당황했을 테지."

와사트 백작은 술통을 흘끗 봤다.

아르헤나 백작이『진짜 캬라라』라고 단언한 술이 든, 술통 하나.

이것이『발견』된 것만으로도 큰 소동이 벌어지겠지만, 같은 양의 캬라라가 아무것도 모르는 손님에게 베풀어진 것은 정말로 그 정도로 그칠 사건이 아니었다.

"환상의 명주, 캬라라. 그것을 아무것도 모르는 손님이 마시는 모습을 봤다면, 흐트러질 수밖에 없지. 게다가…… 히쿠메 경은 아깝지 않았습니까? 기껏 이런 명주가 있는데, 그걸 그저 평범한 선물 정도로 여기는 건."

"케케케케케! 와사트 백작님, 재미있는 말씀을 하시는군요."

연출을 위한 일이라고는 해도, 아까운 일을 하지 않았나.

그렇게 애석해하는 와사트 백작에게 가이카쿠는 웃었다.

"솔직히 말해서, 그저 제가 스스로 즐기기 위해서 만든 술. 장인이 만든『진짜 캬라라』에는 상대도 안 되겠죠. 그것을 전설의 명주라고 주장하는 건 아무리 그래도 부끄럽습니다."

"……그렇군, 나나 부하도 그렇게 생각은 했지. 그보다도, 그렇기에 내가 아닌 누구도 알아차리지 못했을 테지. 혹시 전설 그대로의 맛이라면 그야말로『설마 캬라라 아냐?』라는 생각에 다다른 손님도 있었을 터."

입이 고급인 손님이기에 초보가 만든 술임은 간파했다.

바로 그렇기에 캬라라라고 하더라도『무슨 농담을, 초보가 만든 술이잖아?』라는 느낌으로 믿지 않았을 것이다.

진짜를 마신 적이 있으면서 술에 정통한 아르헤나 백작이었기에 캬라라까지 생각이 미친 것이리라.

"게다가…… 생산한 저로서는, 전설의 나무를 사용한 술이라고 말해서 딱딱한 분위기가 되는 것보다도…… 저렇게 다 같이『맛있네』라며 함께 웃어주시는 편이 더 기쁩니다."

가이카쿠는 조용히, 전날 파티가 행복한 시간이었다고 이야기했다.

광대 같은 행동이 아니었기에 진실임을 알 수 있었다.

그『품위』있는 모습에, 와사트 백작도 아르헤나 백작도 무심코 헛기침했다.

"그, 그럼…… 이 캬라라는 더더욱 맛있어진다고?"

"그렇겠죠. 초보가 인지하기는 어렵겠지만, 전문가에게는 큰 차이겠죠."

"참으로 로망이 있는 이야기야…… 아니, 물론 기사단장 경이 만든 캬라라도 즐기고 싶은 참입니다."

멸종했다고 알려진 나무가 사실은 남아 있었다. 그것을 쓸 수 있다면 전설의 술을 재현할 수 있다. 그것을 몰래 즐기는 애호가가 있다.

그것은⋯⋯ 너무나도 로망으로 가득했다.

그렇게까지 생각한 참에, 두 백작은 서로의 얼굴을 봤다.

어떤, 기대할 가능성에 다다른 것이었다.

"히쿠메 경! 혹시 귀공은 남은 두 희주, 나마카키와 다이아사도⋯⋯!

"히쿠메 경! 갓 신설된 기사단에 혹시 후원자가 필요하지는 않은가? 나랑 아르헤나 백작이⋯⋯."

이 남자와 계속 관계를 맺을 수 있다면 더더욱 로망을 느낄 수 있지는 않을까.

그렇게 기대하는 두 사람은 눈을 반짝이고⋯⋯.

"두 분."

가이카쿠의 강한 말투에 입을 다물었다.

"이번에는 제 임무에 협력해 주셔서, 정말로 감사합니다. 이번에 제가 알게 된 것, 두 분이 이야기하신 것은 결코 입 밖으로 꺼내지 않겠습니다. 그야말로 티스트리아 님께도, 말입니다."

가이카쿠는 차분하게, 하지만 끼어들 수가 없는 말투로 말하고 있었다.

"하지만 조심하시길. 저는 티스트리아 님의 충실한 종복, 그분의 명령을 어길 일은 없습니다."

그러니까, 경멸과 거절이었다.

"다음에 이 영지에서 문제가 벌어지더라도, 저희가 파견될 것이라 단정할 수는 없습니다. 또한 티스트리아 님께서 두 분을 치라고 명령하신다면, 망설임 없이 실행할 겁니다."

약속대로 통은 주겠다.

하지만 그다음은, 무엇도 기대하지 말라며 경고하고 있었다.

"조심, 또 조심. 술로 신세를 망치다니, 신사에게 있어서는 안 될 일. 하물며 두 분은 영주님이시니…… 두 분의 진퇴가 영민에게도 영향이 미친다는 사실을 잊지 않으시길……."

그는 전설의 술을 두고 개인실을 나섰다.

"조심, 또 조심…… 게히히히히!"

그는 경고와 저주를 건네고, 떠났다.

남겨진 『애주가』 두 사람은 찬물을 뒤집어쓴 표정을 짓고 있었다.

"……생각한 것 이상으로 어엿한 기사단장이었군."

"음, 정말로 그렇군요."

이번에는 못 본 것으로 해주겠지만, 딱히 너희 편은 아니다.

그러는 편이 빠르게 해결할 수 있으니까 중재해 줬을 뿐이다, 착각하지 마라.

너희 같은 멍청이와 어울렸다가 이쪽까지 파멸한다고.

그의 행동에서 그것을 읽어내지 못할 정도로, 두 사람은 어리석지 않았다.

그리고 반론할 수 없을 만큼의 자각도 있었다.

"……난 캬라라의 냄새를 맡았을 때, 돌아가신 아버지의 얼굴이 떠올랐어. 놀라기는 했지만, 무척 행복한 기억이었지."

아르헤나 백작은 병에 걸린 것 같은 얼굴이었다.

"하지만 앞으로는, 이 술의 냄새를 맡을 때마다 그를 떠올릴 것 같아."

"저도 그렇습니다…… 반성했다고 생각했습니다만, 아직도 정신을 차리지 못했던 모양입니다. 자신에게 질색한다는 게 이런 거군요."

이 술에 죄는 없고, 그 통의 나무에도 죄는 없고, 가이카쿠에게도 거의 죄는 없다.

죄가 있는 것은 이 두 사람. 그렇기에 이 두 사람에게 캬라라의 향기는 죄악을 떠올리게 만드는 것이 되었다. 그렇게 되도록 기억이 엮였다.

"아르하나 백작님. 이미 우리에게 이 술을 마실 자격은 없겠죠. 마셔봐야 즐길 수도 없을 겁니다."

"그렇군, 자식이나 아내에게 베풀도록 하지…… 그리고 영민에게 보상도 마쳐야겠고."

"충분하게 준비해야만 하겠지요…… 우리가 상처를 입히고 말았으니까."

그럴싸한 소리를 하는 것 같지만, 두 사람은 그저 울적한 표정이었다.

이 술과 비교하면 자신들은 이 어찌나 추악한가.

그저 부끄러울 뿐이었다.

16

이리하여…… 기술 기사단, 첫 임무는 달성되었다.

범인을 신속하게 체포했으니, 충분한 평가를 받을 수 있을 것이다.

아르헤나 백작령에서 기사단 본부로 돌아온 가이카쿠는 티스트리아에게 보고하고자 찾아갔다.

그의 주관으로 보더라도 화가 치미는 사건이었지만, 그럼에도 결과는 대성공.

가이카쿠는 의기양양하게, 못된 장난을 치며 방으로 들어갔다.

"힛힛힛! 티스트리아 님, 실례하겠습니다…… 당신의 충실한 종복, 가이카쿠 히쿠메, 돌아왔습니……다?"

장난을 치며 방으로 들어온 가이카쿠를 맞이한 것은 물론 티스트리아였다.

"기다리고 있었습니다, 히쿠메 경. 보고를 부탁할 수 있겠습니까?"

어째선지 티스트리아는 외출용 드레스를 입고 있었다.

그녀는 절세의 미녀니까 물론 잘 어울렸다.

하지만 평소처럼 감정을 드러내지 않는 표정이기에 위화감이 엄청났다.

"히, 히히히…… 산적을 전원 붙잡고, 피해자에게는 두 백작이 보상금을 지급하게 되었습니다. 이건 저의 보고서와 두 백작, 그리고 의뢰자인 피해자들의 감사장입니다."

"훌륭하게 해주었군요. 신속한 대응, 감사합니다."

"그, 그래서…… 그게, 티스트리아 님…… 저기, 멋진 그 옷은 대체?"

가이카쿠는 일단 예의도 차려서 질문했다.

그녀는 아무 생각도 없는 모양이지만, 이 상황에서 드레스에 관해 묻지 않는 것은 매너 위반이리라.

"이거 말입니까. 기사 총장의 임무로서 외교를 할 상황이 있습니다. 그때 입을 것이니, 예행연습이라 생각해 주시길."

"어, 예……"

역시 기사 총장쯤 되면 다른 기사단장보다 바쁜가 보다.

하지만 그게 외교라는 점은 조금 이상했다.

"학식이 얕아서 송구스럽지만…… 기사 총장이 외교도 맡는 겁니까?"

"각 종족의 『우호적인 국가』로부터 우수한 엘리트를 기사로 파견토록 하는 일도 있습니다. 그를 위해서 기사 총장에게는 그런 상대와의 교섭도 임무입니다."

"그, 그렇군요…… 저따위와는 관계가 없는 이야기로군요."

"아뇨, 이번만큼은 당신에게도 관계가 없지 않습니다."

티스트리아는 여전히 감정을 드러내지 않고서, 가이카쿠가 살짝 동요할 화제를 꺼냈다.

"당신이 기사단으로 들어오는 계기가 된 탈주 기사, 엘리트 엘프 아비오르. 그의 고향인 『디케스의 숲』 수장과의 회담이니까요."

"……!"

이들은 무단 탈주로 토벌 명령이 내려왔다고 해도, 전직 기사를 죽였다.

그것을 기사단이, 혹은 그의 고향이 어떻게 받아들이고 있는지, 생각한 적도 없었다.

가이카쿠는 살짝 경직되었다.

"토벌에 관해서는 당신이 신경 쓸 일이 아닙니다."

그것을 헤아리고 티스트리아는 가볍게 부정했다.

"고향의 수장인 그도, 기사 총장인 저도, 그의 상사였던 기사단장도, 당신이 토벌했다는 사실에 불평할 일은 없습니다. 그건 아비오르를 미처 관리하지 못한 우리의 책임이지요."

"그렇게 말씀해 주신다면 다행입니다."

"괜찮다면 이 회담에 당신도 출석하겠습니까? 협력 관계에 있는 다른 종족의 『나라』에서 요청이 있다면 기사단이 파견되는 일도 있습니다. 지금 얼굴을 마주해 두면 앞으로의 임무가 원활해지지 않겠습니까."

"아뇨…… 그건 사양하겠습니다. 이유야 어찌 됐든, 동족을 처리한 자가 동석하는 걸 상대가 달갑게 여길 것 같진 않습니다."

가이카쿠는 굳이 아비오르의 고향과 거리를 만들었다.

그것은 꺼림칙한 기분이 있어서 그렇다기보다도, 그가 고향에서 어떻게 여겨지는지 모르기 때문이었다.

'지금은 거점 개발과 신병기 개발에 노력을 기울이고 싶으니까…… 일을 이 이상 늘리고 싶지 않아.'

하지만 불과 얼마 후…… 가이카쿠가 이끄는 기술 기사단은 디케스의 숲으로 파견된다.

제2장 나인 라이브스

1

기술 기사단의 부지에는 이미 모든 종족용 거주지가 건설되어 있었다.

각각의 특징, 체격에 맞추어서 만들어진 기능적인 거주지에는 전원의 개인실도 준비되어 있었다. 이것에는 각 단원도 대만족하여 크게 사기가 올라갔다.

그저 사기가 오른 것만이 아니라, 설계한 가이카쿠나 실제로 건축한 드워프들에게도 감사를 보냈지만…… 막상 중요한 그 드워프들은 이 상황에서도 아직 경계를 풀지 않았다.

많은 종족의 낙오자를 모아서 이끄는 가이카쿠는, 정말로 신뢰할 수 있는 『주인님』일까.

신입인 드워프 스무 명은 자신들이 세운 숙소의 큰방에서 회의를 열고 있었다.

처음으로 보고한 것은 임무에 동행한 벨린다였다.

"……뭐, 그런 식으로 말이지. 금지된 진귀한 술을 미끼로 써서 이야기를 정리했어. 영주 둘한테도 따끔한 맛을 보여준 모양이야. 뭐, 솔직히…… 조금은 통쾌했어."

청렴결백과는 거리가 먼, 더러운 해결법.

다만 완고할지언정 고결과는 다른 드워프들은 그 방식에 큰 반응을 하지는 않았다.

전면적으로 반발하는 것은 아니지만, 전면적으로 긍정하는 것도 아니었다.

소극적인 찬성, 그 정도일 것이다.

"그래서, 나머지 다른 녀석들은 어땠어? 가이카쿠를 뭐라고 그랬어?"

"어, 그게 말인데……."

벨린다 이외의 멤버들은 기술 기사단의 거점에 남아 있었다.

그러니까 이번 임무에 참가하지 않은 종족과 함께 보낸 것이었다.

그동안에 이런저런 이야기를 들었다.

사실은 스파이였다, 그런 것은 아니다. 그녀들은 새로운 직장에 불신감을 품고, 자신들이 나서서 조사하자고 생각했다.

"우선은 고블린한테 물어봤는데……『주인님은 무척 멋져요』, 『밥이 엄청 맛있어요. 과자도 맛있어요』, 『귀여워해 줘요. 칭찬해 줘요』라던데."

"고블린한테 미움을 받을 정도라면 진짜로 밑바닥이잖아……."

일반상식으로, 고블린은 감각이 어리다. 하지만 그 어린 감각은 높은 신뢰성으로도 이어진다.

그녀들은 거짓말을 하지 않고, 하더라도 금방 알아차릴 수 있는 것이다.

그렇지만 고블린을 귀여워한다, 고블린이 잘 따른다, 그것은 정말로 최소한의 수준밖에 알 수가 없었다.

신빙성은 높지만, 정보량이 적은 것이었다.

"하지만 뭐, 고블린이 따르게 하는 것뿐이라면 누구라도 할 수 있겠지. 다른 녀석들은 뭐래?"

"응, 우선은 엘프인데……."

한편 엘프는 지성이 무척 높은 것으로 알려져 있다.

그만큼 고도의 연기를 할 수도 있지만, 그럼에도 많은 정보량을 기대할 수 있었다.

"『선생님은, 무척 머리가 좋아요~~!』, 『뭐든 잘 알고, 뭐든 가르쳐주세요~~!』, 『고향에서 박해당하던 우리한테, 그 크나큰 지혜를 전해주시는 걸요~~!』라고 그랬어."

"……뭐, 그러네."

엘프들에게 들은 가이카쿠의 평가는 『무척 머리가 좋고, 자신들에게도 지도를 해주는 사람』이라는 것이었다.

이에 대해서는 드워프들도 이론은 없었다.

가이카쿠가 설계한 주거지는 각 종족에게도 호평이라 그것만으로도 드워프들의 시점에서 봐도 우수했다.

게다가 다른 일도 할 수 있으니까, 머리가 좋은 것에 의심은 없었다. 하지만 머리가 좋다는 것만으로 신뢰할 수 있다고 단정할 수는 없다.

"오거들은?"

"저 녀석들도 칭찬했어. 『동족 수컷이랑 싸우게 해줘, 죽일 수 있게 해줘』, 『우리만으로는 무리였어, 두목 덕분이야』라던데."

"제법 열렬하게, 기사단장님과의 무용담에 관해서 이야기하더군."

동족 남자와 죽고 죽이는 여성이란, 단편적으로 보면 좋은 인상은 아니다.

하지만 당사자들이 의욕적이라면, 원인은 그녀들의 과거에 있을 터.

그리고 그것은 드워프 여성인 그녀들에게도 상상할 수 있는 일이었다. 그렇기에 오거가 가이카쿠를 따르는 것도 납득할 수 있었다.

"그래서, 인간들은 어때. 저 녀석들은 백 명이나 있고, 게다가 그게…… 이것저것 있잖아?"

기술 기사단의 보병대는 인간으로 구성되어 있다.

다른 종족의 입장에서는, 인간의 종족성은 『너무 많아서 특정할 수 없다』뿐이었다.

육체적인 소양은 평균적. 어떤 일이라도 해내지만, 각각이 특기인 다른 종족에게는 미치지 못한다. 반면에 여러 기능을 요구하는 일에서는 무척 뛰어나다.

정신적인 소양은 너무나도 각양각색으로 넘쳐서 알 수가 없다. 오거 같은 자도 있고, 엘프 같은 경우도 있다. 수인 같은 자도 있으면, 다크 엘프 같은 자도 있다.

가이카쿠도 그중 하나로, 그렇기에 정체를 명확히 파악할 수가 없는 것이었다.

"저 녀석들 전부, 비슷한 사람들끼리 모여 있으니까. 다각적이라든지, 다면적인 시점 같은 건 없어. 죄다 『저 사람이 주워준 덕분에, 기사가 될 수 있었어』, 『여자로서 취급하는 일도 없으니까, 최고야』 같은 식이야."

"……그건 뭐, 그러네."

원래부터 같은 용병단에 소속되어 있었던 만큼, 기술 기사단 보병대 멤버들은 비슷한 자들이었다. 그리고 그녀들이 가진 가이카쿠의 인상 역시도 거의 통일되어 있었다.

이 이유도 드워프들로서는 납득할 수 있었다.

드워프들의 시점에서도 기사단이란 동경하는 히어로다. 그렇게 만들어 주었다면 감사하는 것도 납득할 수 있다.

"그래서…… 벨린다. 수인이랑 다크 엘프는, 뭐라고 그랬어?"

한편으로 다른 드워프들은 벨린다가 동행한 수인이랑 다크 엘프들의 의견을 물어봤다.

그 질문에 벨린다는 역시나 고개를 내저으며 대답했다.

"수인들은 『사냥이 무척 스마트해서 존경할 수 있어』, 『우리한테 위험한 자리를 줘』, 『저 사람은 무척 위협이니까, 저 사람 곁에 있으면 우리도 위협이 될 수 있어』라면서 엄청 칭찬이야. 확실히 사냥은 능숙했지만……."

"……수인들의 '위협'이라는 건 칭찬인 거지?"

"능력은 제쳐놓고, 인격에 대해서는 언급이 없네……."

여기서 말하는 『사냥』이란 전투 전반의 총칭일 것이다.

그렇게까지 이상한 표현도 아니니까 드워프들도 일일이 확인하지 않았다.

하지만 사냥 잘하니까 존경할 수 있다, 존경할 수 있으니까 신뢰할 수 있다……는 드워프에게는 통하지 않는 논리다.

"그나마 쓸만한 정보는 다크 엘프겠네. 『유능하고 우수하지만, 쓸데없이 장난을 치는 구석이 무서워』, 『저만큼 우수하니까 합법적으로 움직일 수 있을 텐데도, 위법적인 일에 손을 대는 구석이 무서워』, 『겁을 주는 거, 불안하게 만드는 게 무서워』라던데."

이것에는 모두가 수긍했다.

다크 엘프들의 의견은 그대로 드워프들의 의견과 일치하는 것이었다.

"솔직히 신뢰할 수는 없겠네."

벨린다는 계속 경계해야 한다며 말하고, 다른 드워프도 수긍했다.

적어도 그녀들은 가장 중요한 사실을 듣지 못했다.

"……저 녀석, 우리를 어떻게 쓸 생각이지?"

엘프 포병대, 고블린 공병대, 오거 중장보병대, 다크 야간 정찰대, 수인 고기동 척탄병대, 인간 보병대.

가이카쿠는 종족마다 적성에 맞는 역할을 맡기고 있다.

그런 의미에서 드워프에게 목수 역할을 맡기는 것도 틀리지는
않았다.

하지만 이대로 계속 후방의 역할만 하는 것은, 그녀들의 입장
에서는 재미있지 않았다.

이러니저러니 해도 기사단에 들어왔으니, 다른 종족을 지원하
기만 하는 것은 사양이었다.

"틀림없이 우리가 이렇게 안달복달하는 것도, 저 녀석의 생각
대로…… 더더욱 재미없네."

벨린다는 가늘게 뜬 눈으로 짜증을 드러냈다.

2

기술 기사단 거점에 처음부터 서 있던 커다란 저택.

처음에는 기술 기사단 단원들의 거처로 쓰였지만, 각 단원에게
주거지가 주어진 지금은 가이카쿠의 연구용 공간으로 변했다.

대규모 내부 공사를 진행, 위법한 연구소가 되었다.

이 내부에서 진행되는 일이 백일하에 드러날 경우, 사형 수준
의 범죄가 열 가지 이상 발견될 것이다.

기사단이라는 공적 기관 내부에 존재하는, 비공식 비공인 위법
연구소.

그곳의 한 방에서 소시에를 포함한 엘프 포병대는 거대한 시험
관 안에서 『거대한 장기』를 배양하고 있었다.

물론 그녀들의 취미 같은 것은 아니고, 가이카쿠의 지시에 다른 것이었다.

"흐음…… 순조롭게 성장하고 있네. 이 정도면 머지않아『시험』도 가능하겠어."

물론 가이카쿠 본인도 그 배양에 참여하여 직접 지휘를 맡고 있었다.

전원이 백의를 입고, 커다란 방에서, 수많은 시험관을 앞에 두고서 실험을 기록하고 있었다.

참으로 알기 쉬운, 위험한 조직이었다.

"신기하네요…… 동물의 몸에서 뽑아낸 게 아니라 작은 고기 조각에서 성장하다니…… 이건 본래는 마도 의료 기술인 거죠?"

"어, 그래. 원래는『환자』의 몸에 맞추어서 장기를 만드는 기술이었는데, 당시에는 기술이 미숙해서『환자에게 맞지 않는 장기』가 되어버리는 일도 종종 있었어. 보면 알 수 있을 정도로 이상하다면 불량품으로 분류할 수 있겠지만, 그중에는 이식할 때까지도 알 수가 없는, 반대로 성가신 불량품도 생겨났지."

현재 그들이 제조 중인『장기』는 의료용이 아니었다. 물론 식용도 아니었다. 물론 실패작도 아니었다.

그러니까 다른 규격으로 제조 중인, 군사용의 테스트 기기였다.

"그런 이유로 개발되고 얼마 안 있어서 위법이 되었지만……지금의 내 기술이라면 높은 확률도 성공작을 만들 수 있고, 실패작을 확실하게 구분할 수도 있어. 그리고……."

가이카쿠는 몹시 사악한 표정으로 과시했다.

"평범한 장기의 완전한 복사와는 다른, 목적에 맞춘 새로운 디자인의 장기를 제조하는 것조차 가능한 거야!"

"굉장해요, 선생님! 존경해요!"

"이런 일이 가능한 건 선생님뿐이겠죠!"

획기적인 기술을 과시하는 가이카쿠에게, 부하인 엘프들은 솔직하게 찬사를 올렸다.

눈을 반짝이고, 존경의 눈빛을 보냈다.

"하지만 슬슬 이 장기를 무슨 일이 쓰이는지 가르쳐 주셨으면 좋겠는데……."

"그건 앞으로의 기대라는 걸로. 뭐, 드워프들한테 맡길 신병기의 핵심 부분이다, 그것만 가르쳐줄게."

가이카쿠는 엘프들과 함께 연구하고 있지만 무엇을 목적으로 개발하는지는 가르쳐주지 않는다.

의아해하는 엘프를 오히려 재미있어하며 짓궂게 웃었다.

"그렇게나 거만을 떨진 말았으면 좋겠네."

그런 가이카쿠 곁에 드워프 벨린다가 나타났다.

노골적으로 불안스러운 얼굴로, 방 밖에서 가이카쿠를 올려다봤다.

"무슨 일이야, 벨린다. 여기에 올 용건은 없을 텐데?"

"의뢰받은 일을 마쳐서…… 보고하러 왔어."

"내가 확인하러 갈 때까지 쉬고 있으면 되는데, 꽤 부지런하네."

가이카쿠가 드워프들에게 부탁한 것은, 논밭에서 사용하는 농기구 제작이나 보관할 창고를 짓는 것이었다.

그녀들의 입장에서는 무척 간단한 일이었다. 그렇기에 도리어 조금 불만도 있었다.

게다가 그 농기구나 창고에 위법성은 없지만, 논밭에서는 재배가 엄격하게 규제되는 식물을 기를 예정이었다.

"이제 좀 기사다운 일을 시켜줬으면 좋겠는데."

벨린다는 방 안을 힐끔 둘러봤다.

장기 포르말린 절임이라면 모를까, 명백하게 살아있는 장기가 시험관 안에 둥둥 떠 있었다.

어떻게 되어 있는 것인지 전혀 알 수 없지만 일단 고도의 기술임은 알 수 있었다.

그 고도의 일을 따라가고 있는 엘프들이 눈을 반짝이는 것도 어느 정도 이해할 수 있었다.

그동안에 자신들이 하는 일은 평범한 잡무였다. 즐거울 리가 없다.

"설마 불만인가? 신축 숙소에 개인실까지 받았는데, 불만인가? 매일 적절한 양의 식사와 충분한 휴식 시간을 주고 있는데, 불만이야?"

불만스러운 그 모습에 가이카쿠는 기뻐 보였다.

"이 사치스러운 녀석~~…… 어디어디. 이제까지 어떤 생활을 했으면 이런 대우에 불만이 생기는 거야?"

"웃기지 말라고, 나는 진지해."

가이카쿠는 벨린다의 동그란 뺨을 꾹꾹 찔렀다.

그의 표정은 우월감으로 가득했다.

"좋아, 그럼 희망하시는 새로운 일이야. 너희가 전장에서 사용할 신병기, 그 부품을 만들어줬으면 해. 도면은, 이거야."

"⋯⋯차륜이랑, 톱니바퀴? 수차나 풍차라도 만드는 거야?"

가이카쿠가 벨린다에게 건넨 도면은 톱니바퀴와 차륜이었다.

다양한 크기의 그것을 사용하는 것은, 벨린다가 아는 한 수차나 풍차 정도였다.

"대략 맞기는 해."

"수차나 풍차로 어떻게 싸우라는 거야! 설며 탈곡이나 제분을 싸운다고 주장하는 건 아니겠지!"

"그건 그것대로 어엿한 일이잖아?"

"그렇기는 하지만! 기사답진 않을 텐데!"

놀리는 것을 게을리하지 않는 가이카쿠는 보란 듯이 바보 취급을 했다.

"이것 참. 다른 곳의 기사님들도, 일반 병사가 할 것 같은 수수한 일을 불평 하나 없이 담담하게 하고 있을 텐데. 아마도."

"⋯⋯어휴, 됐어. 이 일은 맡아 둘게."

"어, 열심히 해~~! 기사답게 말이야~~!"

벨린다는 나가고, 마지막까지 도발하는 가이카쿠는 남았다.

그리고 가이카쿠를 보는 소시에, 그리고 다른 엘프들의 시선은 험악했다.

"선생님…… 지금 그건 아니죠. 저, 잠깐 가서 달래주고 올게요!"

엘프들을 대표해서 소시에가 방 밖으로 달려갔다.

가이카쿠는 그것을 딱히 나무라지도 않고 보내줬다.

그리하여 소시에는 짜증을 내며 걷고 있는 벨린다를 쫓아갔다.

"저기, 벨린다…… 선생님은 그게, 악의는 없어요…… 아니, 악의는 있겠지만. 하지만, 속일 생각도 헐뜯을 생각도 없어요."

소시에는 정직하니까, 가이카쿠의 조금 전까지의 언동에 악의가 없다고는 말하지 못했다.

"선생님은 짓궂은 사람이지만, 일에는 진지해요. 그러니까, 그게…… 차륜이랑 톱니바퀴를 만드는 것에도 틀림없이 의미가 있어요."

벨린다는 한숨을 내쉬며 대답했다.

"애당초, 그딴 짓을 하지 말라는 이야기인데?"

"괜찮아요! 그런 건 문제가 되지 않을 만큼, 선생님은 굉장한 사람이니까요! 드워프 여러분도 선생님한테 홀딱 빠질 거예요!"

결국 가이카쿠의 부하들은 그의 인격에 대해서 체념한 모양이었다.

아마도 사치를 부릴 상황이 아니라고 생각할 것이다.

벨린다도 그것을 모르지는 않았다. 하지만 이대로 받아들이는 것은 조금 아니꼬웠다.

'적어도, 이대로 아무것도 안 하는 건, 마음이 안 풀려……!'

3

저녁을 먹고 이만 잘까, 그런 타이밍에 자기 방으로 돌아가려고 하는 가이카쿠.

아무도 없을 터인 방에서 기척을 느꼈다. 아니, 위압감을 느꼈다. 하지만 사악하거나 살기는 느껴지지 않았기에, 그는 흥미마저 느끼며 방으로 들어갔다.

그러자 그곳에는 거의 알몸으로 의자에 앉아 있는 드워프 여자가 있었다. 물론 벨린다였다.

"여, 가이카쿠. 기다렸어."

"……그렇군, 항의인가."

어린 체형과 달리 참으로 용맹하고 씩씩한 모습이었다.

그녀가 『여성』으로서 이곳에 있다는 것은 너무나도 명백했다.

"의외로 원만하네, 바로 폭력으로 나오는 상황도 생각했는데."

야습하지 않은 것만으로 가이카쿠는 『원만』하다고 표현했다.

"그럴 일까지는 아니었을 뿐이야."

역시나 벨린다도 나름대로 원만했다.

화난 표정이기는 하지만 갑자기 때리려고 들 정도는 아니었다.

"예전 직장보다도 대우가 좋은 것도 일단 사실이고."

"그야 그렇겠지."

가이카쿠의 직장 환경은 무척 괜찮았다.

마도사이자 의학에도 정통한 그는 『결국 휴식을 주는 편이 더 효율적이다』라는 사실을 아니까, 그녀들의 건강에 해가 되지 않는 범위에서만 일을 시키고 있었다.

　"일 내용도, 뭐…… 예전과 그렇게 다르지 않아. 우리한테 오는 일이야 원래부터 대단할 게 없었으니까."

　"하하하. 뭐, 드워프들끼리 있으면 우열이 생기겠지."

　하지만 그럼에도 미처 억누를 수 없는 불만이 있었다.

　"……다른 종족은 네가 준 일을 수행하고, 기사단의 임무에 공헌하고 있잖아. 그것도 굉장히 즐겁게."

　짜증이 나기도 하고, 질투를 억누르는 것 같기도 했다.

　또는 부조리에 대한 한탄을 참는 것 같기도 했다.

　"저런 녀석들을 보면 말이지, 우리도 기대하고 만다고. 실제로 그것을 노리고 있겠지."

　"뭐, 그렇지."

　"그런 부분이, 마음에 안 들거든."

　정말로 드워프가 화났다면 모든 것을 내팽개치고서 날뛰고 있을 터.

　그렇게 되지 않았다는 것은, 가이카쿠의 대우가 일단은 통했다는 뜻이다.

　하지만 그래도 불만 사항은 표현한다.

　"당신, 우리한테 중요한 걸 숨기고 있어. 그것 때문에 일희일비하는 우리를 보면서 웃고 있어. 갑자기 완성품을 보여줘서 놀라게 만들고 싶어? 우리는 일단 팀일 텐데!"

"으음, 일리 있네. 확실히 그런 성실함은 부족하겠어."

그럼에도 가이카쿠는 웃고 있었다.

"하지만 말이야, 이건 내 천성이야. 바꿀 생각은 없어."

"어, 그러신가. 그런데, 여기까지 왔으니 나도 간단히 돌아갈 생각은 없어!"

그런 가이카쿠에게 그녀는 달라붙어서, 그대로 침대로 옮기고는 푹 쓰러졌다.

"자, 수인이니 오거니, 엘프니 고블린이니…… 많은 여자를 상대로 제멋대로 구는 자신만만한 『남자』가…… 드워프 하나한테 졌을 때도, 그런 소리를 할 수 있을까?"

"날 침대에서 굴복시켜서 약점을 잡겠다고?"

"잘 아네! 자, 남자답게 굴어보시라고!!"

어린 외모에서는 의외일 정도로 묵직한 체중으로 깔아 눕히는 벨린다.

그런 그녀를 상대로 가이카쿠는…….

"이런, 어쩔 수 없네."

일대일의 대결을 받아들였다.

4

다음 날 아침.

가이카쿠는 평범하게 눈을 뜨고서 아침 체조를 하고 있었다.

한편 벨린다는 이불을 감고 있었다.

"대체 뭘 믿고 이긴다고 자신한 거냐?"

"아니…… 뭐…… 어어."

"나는, 드워프의 몸에 대해서는 뼈의 숫자, 근육의 밀도부터 미뢰의 숫자까지 파악하고 있다고. 일대일이라면 패배할 요소가 없어."

어이없어하는 가이카쿠와 굴욕으로 떨고 있는 드워프.

자웅을 겨루는 싸움은 가이카쿠의 압승이었나 보다.

"패배했으니까 더 이상 좋알좋알하지 말라고."

"어…… 알았어, 너를…… 반장님을 따를게…… 다른 사람들한 테도 그렇게 말할 거야."

당연하지만…….

밤의 싸움에서 패배하면 상대에게 반한다, 그런 것은 환상이나 망상에 불과하다.

가이카쿠가 아무리 압도했다고는 해도, 벨린다는 딱히 그에게 반하지는 않았다.

그녀가 그를 따르기로 한 것은, 자신이 승부를 걸어놓고서 완 패하고 투덜대는 것은 너무나도 멋이 없으니까.

그런 부분은 드워프답다고 할 수 있었다.

"안심해, 개발은 순조로워. 다음 임무가 올 때까지는, 훈련을 거쳐서 실전에 투입할 수 있겠지."

"알았어…… 믿을게."

5

가이카쿠가 엘프와 함께 배양하던 『장기』는 심장이었다.

인체에 직접 이식할 것이 아니니까 정확하게는 심장이라고 할
수 없을지도 모르겠지만, 그럼에도 심장과 같은 모양으로 같은
기능을 가지고 있었다.

그렇다, 펌프로서의 기능이다.

정맥에서 흘러든 혈액에 압력을 가하여 동맥 쪽으로 흘린다.
이것이 심장의 기능으로, 그저 펌프일 뿐이다.

그러니까 가이카쿠는 유기적인 펌프로서 심장을 제작한 것이
었다.

"보아라, 엘프들! 회전하는 이 차륜, 샤프트를! 실험은 성공
이다!"

"……저기, 그러니까 뭔가요?"

"모르겠는가?! 인공 배양한 심장이 내부의 『물』에 압력을 걸어
서 보내고, 그것이 공업용 한천으로 만든 파이프 내부를 통과해
서, 그 앞에 있는 수차를 회전시키고, 그 동력을 차륜으로 전달하
는 거라고?!"

"……그건 뭐, 예, 보면 알겠는데요."

"굉장하지?! 이것이 위법 연구가 아니었다면 인류의 역사에 새

121

겨도 될 정도야!"

가이카쿠는 실험실 내부에서 동력 실험을 진행하고 있었다.

배양한 심장을 펌프로 삼아서 내부의 물을 내보내고, 그것을 바탕으로 차륜을 회전시키는 것이었다.

참고로 공업용 한천이라는 것은 『우뭇가사리』라는 해초로 만드는 투명한 소재이다.

처음에는 액체이지만 틀에 넣고 식혀서 굳히면 일정한 강도와 유연성을 가친 투명한 용기가 된다.

그것을 이용하여 투명한 튜브를 만들고, 알기 쉬운 모양으로 만든 것이었다.

"……아니 뭐, 수차잖아요?"

"그렇지!"

"심장으로 수차를 돌리는 거죠?"

"그럼그럼!"

"이걸로 뭘 하면……."

가이카쿠는 무척 요란스러웠지만 엘프들은 싸늘했다.

여하튼 돌고 있는 차륜, 샤프트가 작은 것이었다.

움직이는 심장도 그렇게까지 큰 것은 아니고, 돌고 있는 수차도 손에 얹을 정도의 크기이고, 차륜도 튀김용 젓가락 정도의 길이와 두께였다.

그리고 회전은 맥이 빠졌다.

"……이러니까 초보는 싫다고. 실험의 의의를 이해하지 못해!"

"그건 그렇겠지만, 말해주지 않으니까 알 수가 없어요."

"반대로 묻겠는데, 커다란 걸 만들었다가 실패하면 그때는 어떻게 할 거냐고. 예산이 어마어마하게 들 텐데, 정말이지……."

가이카쿠의 설명은 참으로 지당했다.

"알겠어? 아무리 장대한 실험이나 건축도…… 우선은 작은 모형을 만드는 것부터 시작해. 그러는 편이 실험 횟수도 충분히 수행할 수 있고, 실패했을 경우의 사고도 적어. 게다가 작아도 정교하다면 완성했을 경우에 기대할 수 있는 수치도 예측할 수 있어."

"……그런 건가요."

"그래. 실험이란, 성공을 위한 데이터 만들기고…… 어떻게 하면 실패하는지를 시험하기 위해서이기도 해. 이제부터 이 심장의 혈압이나 맥박을 올려서 어디까지 가면 망가지는지, 샤프트의 회전수는 어떻게 되는지, 그런 걸 확인하는 거야."

"수수하네요……."

"연구라는 건 그런 법이야. 이걸 게을리하면 스폰서 앞에서 꿈쩍도 안 하거나, 혹은 실전에 투입했더니 파손되거나, 그런 일이 벌어져."

위법 마도사인 것치고, 마도에 대해서는 견실한 가이카쿠.

아니, 천재 마도사니까 기본은 확실한 것이리라.

마도만큼 『기초』가 중요한 일은 없다.

"……그 기록을 돕는 건 좋은데, 구체적으로 뭘 만드는 건가요?"

"이미 만들었잖아? 심장이랑 그 동력을 전달하는 기구야."

"아니, 그건…… 최종적으로는 어떤 병기가 되는 건가요."

엘프들은 무척 곤혹스러웠다.

자신들의 실험이 무엇에 다다르는 것인가.

그것을 잘 알 수가 없는 것이었다.

"……수준이 낮구나. 실리나 실용화로밖에 사물을 못 보는 녀석은 속물이라고 할 수밖에 없는데…… 뭐, 그건 즐거움을 알게된 다음이니까."

가이카쿠는 거만을 떤 뒤, 이야기했다.

"이 기구를 마차에 조합해서, 심장의 힘으로 움직이는 거야."

가이카쿠가 드워프에게 부여한 병과.

그것은 이 세계 최초의 전차병이었다.

"그래, 녀석들 드워프는, 드워프 첫 기병…… 동력 기병이 되는 거야!"

6

그리고 그 후로 얼마 후.

국내에 있는 목초 지대.

낙농이 번성하는 이 지역에는 당연히 많은 소와 말, 양 따위를 기르고 있었다.

평온한 이 지대는 전망도 좋고 바람을 가로막는 것도 없어서, 개방적이고 기분 좋은 곳이리라.

물론 주민에게는 당연한 풍경이고, 딱히 즐거운 일도 없는 지루한 지역일 테지만……

그럼에도 가혹과는 거리가 먼 땅. 사람들은 가축과 함께 목가적인 삶을 보내고 있었다.

어느 양치기 청년도 그중 하나였다.

지구의 선진국에서는 아직 학교에 다닐 정도로 어린 나이지만, 이 세계에서는 어엿한 성인이었다.

그는 부모와 함께 양치기 일을 하며 하루하루의 식량을 얻고 있었다.

참으로 선량하고, 참으로 건전하고, 참으로 모범적인 젊은이였다.

그는 오늘도 파트너인 양치기 개와 함께 양을 돌보고 있었다.

그는 변변히 학교에 다니지는 않지만, 양의 숫자만큼은 셀 수 있었다. 한 마리라도 잃어버리지 않고자 눈을 부릅뜨고 있었다.

그의 스승이기도 한 아버지는 자주 말했다.

이 일에서 중요한 것은 꼼꼼함이라고.

매일 같은 일을 반복하기에 쉽게 타성적으로 된다.

그래서 매일 같은 일을 하더라도 실패해 버린다고.

그 가르침을 성실하게 지키는 젊은이는 그렇기에 깨닫지 못했다.

자기 양들이 귀를 세우는 그때까지 이변을 깨닫지 못했다.

"……뭐, 뭐야?"

그는 그때야 간신히 소리가 다가오는 것을 깨달았다.

"아, 아아아아!"

그는 옛날에 아버지에게 들은 이야기를 떠올렸다.

먼 옛날, 할아버지 대에……. 이 지역에 무척 강한 도적이 나타났다고.

그 녀석들은 인간 도적이 아니라…….

"켄타우로스다아아아아아아아!"

그는 절규하고 양과 함께 도망치려고 했다.

그러나 슬프게도 이미 상대에게 따라잡힌 뒤였다.

사악하게 웃는, 무시무시한 반인반마 괴물들.

그들은 외모와 다르지 않은 다리로 순식간에 양의 무리로 돌입, 두꺼운 팔로 가볍게 양을 안아 들었다.

"하하하! 이거 좋은데! 마음대로 잡으면 돼!"

"그, 그만해! 그만해~~!!"

"허, 이렇게나 많은데, 좀 나눠줘도 괜찮잖아아아아!"

켄타우로스들은 깔보며 비웃었다.

자신들과 비교하면 압도적으로 아둔한 인간에게 혀를 내밀고는 그대로 느긋하게, 날뛰는 양을 들고서 떠났다.

그들의 숫자는 스무 명 정도.

그들이 한두 마리씩 들고 갔어도 아직 양은 많이 있었다.

하지만 이 양은, 이 젊은이와 가족에게는 전 재산이다. 그중 몇할이라도 도둑맞으면 그의 미래는 무척 어둡다.

"무슨 짓을……!!"

필연적으로 그는 적의 뒷모습을 눈으로 좇았다.

그리고 그곳에서 보고 말았다.

반대로 이쪽을 노려보는 무시무시한 적의 모습을.

"흥."

무수한 의미에서 이쪽을 내려다보는 켄타우로스 거한, 그러니까 엘리트.

그의 안광이 날아오고, 젊은이는 비명을 터뜨리고는 남은 양과 함께 도망쳤다.

"목숨이 남아 있다는 것만으로 고맙게 생각하라고."

켄타우로스 엘리트이자 이 도적의 두목, 디퍼. 그는 그렇게 내뱉고는 동료와 함께 양을 들고서 도망갔다.

물론 젊은이는 켄타우로스 도적이 나타났다고, 곧바로 부모나 이웃 사람들에게 외쳤다.

그들은 현지로 가서 발굽 흔적을 보고, 사실임을 이해했다.

그런 보고는 영주에게 전해졌지만…….

"무리야…… 도망쳐 다닌다면 평범한 병사로서는 쫓을 수 없어. 기다릴 수밖에 없겠지만…… 그래도 엘리트가 섞여 있다면 아무 소용이 없어."

초원 지대에서 켄타우로스는 무적의 강함을 발휘한다.

압도적인 기동력을 자랑하는 그들은 초원의 정점이라 할 수 있다.

"아마도 녀석들은 또다시 온다…… 기사단에 의뢰해야 해!"

한 달 정도 여가를 받았던 가이카쿠를 티스트리아가 호출했다.

기사 총장의 방으로 들어간 그는 평소처럼 공손하게 인사를 했다.

"오오, 티스트리아 님! 당신의 충실한 부하, 기술 기사단 단장, 가이카쿠 히쿠메, 이렇게 왔습니다!"

"예, 잘 와주었습니다."

공손하다고 할까, 이제는 도리어 빤히 목적이 보이는 인사였다.

그렇다고는 해도 가이카쿠는 분명히 그녀의 부하이고, 충실하게 일을 수행하고 있으니까, 문제 삼을 일은 아니었다.

따라서 그녀는 표정 하나 변하지 않고 그의 태도를 흘려 넘겼다.

"이번에 호출한 것은, 딱히 다른 이유는 없습니다. 당신에게 임무를 의뢰하기 위해서입니다."

"예, 과연 무엇입니까!!"

"낙농이 번성하는 지역에 켄타우로스 도적단이 나타났습니다. 스무 명 정도이고, 또한 엘리트로 보이는 두목의 모습도 확인되었습니다."

"……녀석들의 전법에 관한 정보가 있습니까?"

"가축이나 식량 따위를 빼앗고, 그대로 도주. 그것을 주에 한 번 정도의 빈도로 반복하고 있습니다."

"정석이로군요, 성가신 상대로 보입니다."

켄타우로스는 초원같이 평탄한 지형에서 기동력이 뛰어나다.

평지 싸움도 강하지만, 문제는 흩어져서 도망치면 쫓아갈 수가 없다는 점이 더 컸다.

"이미 큰 피해가 나오고 있습니다. 이에 대응하는 것이 당신의 임무입니다."

"……."

이때 가이카쿠는 일단 광대 같은 행동을 그만두었다.

잠시 침묵하고, 후드 안으로 손을 움직였다.

"티스트리아 님, 조금 논의할 것이 있습니다."

"들어보죠."

가이카쿠는 지극히 평범한 말투로 이야기를 시작했다.

"……그런 작전을 생각하고 있습니다만, 힘을 좀 빌려주신다면."

"그렇군요, 그 정도는 가능합니다. 하지만……."

"알고 있습니다. 빌린 것이니 갚을 터이고, 쓰다가 망가지면 보수에서 제하더라도 상관없습니다."

"그렇다면 알겠습니다."

티스트리아는 그것을 딱히 신경 쓰는 기색도 없이 담담하게 이야기를 진행했다.

"하지만 징용에 대한 건 인정할 수 없으니, 그건 영주와 상담하세요."

"예, 그렇게 하겠습니다."

서로가 일에 대해서는 실리가 우선이라 쓸데없는 문답을 주고받지는 않았다.

하지만 이때 가이카쿠는 떠올랐다는 듯이 마지막 문구를 입에 담았다.

"기사단의 이름에 부끄럽지 않도록, 마술처럼 해결하겠습니다."

8

이번에 습격을 당하고 있는 지역을 통치하는 루크바트 자작은, 기사단에서 보낸 편지를 읽고서 불안해하고 있었다.

출동 요청은 받아들였다, 그쪽으로 『기술 기사단』을 보내겠다고.

아버지로부터 영주를 이어받고 몇 년이 지났을 뿐인, 아직 경험이 얕은 영주.

그는 솔직히 말해서 그저 불안할 뿐이었다.

'기술 기사단이라니, 뭐야 그게?!'

최근에 인기가 높아지고 있다는, 티스트리아가 직접 영입한 기사단장 가이카쿠 히쿠메.

듣자니 짠, 하고 나타나서 짠, 하고 해결한다고.

볼릭 백작 밑에서 일을 하고 있었는데, 그녀에게 등용되어 그대로 기사단장이 되었다나.

'평범한 기사단이 좋은데……'

기사단을 불렀으니까, 기사처럼 나타나서 기사처럼 싸웠으면 했다.

그런 트릭같은 요소는 전혀 기대하지 않았다. 그렇다고 할까, 이쪽은 진지한테 왜 이상한 것을 보내는가.

뭐, 그렇게 지당한 생각을 하고 있었다.

그만큼, 연극임을 자각하고 있던 아르헤나 백작이나 와사트 백작과는 절실함이 다른 것이었다.

하지만 답변의 문장에는 『다른 기사단은 전부 임무를 나갔습니다』라고 적혀 있었기에…….

가령 기술 기사단이 없었다면 『조금 기다려라』라는 말을 들었을 가능성이 높다.

그것을 이해하기도 했기에 돌아가라, 라고 할 수는 없었다.

"기사단에 의뢰한 뒤로도 이미 세 건, 새로운 피해가 보고되고 있어…… 이대로는 세수에 지장이 생기는 건 물론, 내 지지율도……!"

그는 정치가다운 위기감을 느끼고 있었다.

이미 어쩔 수가 없으니, 마술이든 기행이든 기사단에 의지할 수밖에 없었다.

그렇게 생각하는 그의 방에 가이카쿠 히쿠메가 나타났다.

"이히히히히! 루크바트 자작님, 처음 뵙겠습니다! 저, 가이카쿠 히쿠메라고 합니다!"

'엄청 수상쩍은 남자다……!'

얼굴을 후드로 가린, 맨살 하나 드러내지 않는 수상쩍은 남자.

가이카쿠 히쿠메의 등장에 그는 그만 말을 잃었다.

잃기는 했지만 잠시 후에 말을 되찾았다.

지푸라기에라도 매달리는 심정으로 가이카쿠에게 의뢰하기 시작했다.

"잘 오셨습니다, 히쿠메 경! 우리 영지를 도와주러 오신 것을 무어라 감사를 드려야 할지 모르겠군요!"

"게히히히! 티스트리아 님의 명령이라면 어디로든 가는 게 저…… 가이카쿠 히쿠메입니다!"

'정말로 이상한 게 왔잖아……!'

이름 그대로 기술(奇術) 기사단이었다.

차라리 소문과 다르기를 바랐지만, 그렇지도 않은 듯했다.

"연락드린 것처럼, 현재 우리 영지는 켄타우로스 도적의 습격을 당하고 있습니다. 어떻게든 습격을 막고 싶지만, 상대는 신출귀몰한 켄타우로스…… 우리가 구원에 나설 무렵에는, 이미 행방은 묘연…… 제 무력함이 한스럽군요."

"히히히히…… 그렇게 침울해하실 것 없습니다, 루크바트 자작님. 상대가 켄타우로스 무리라면 기사단이라도 추격은 어려운 일이었겠죠."

'……어? 뭔가 대화는 평범한데?'

수상쩍게 행동하는 것치고 비교적 평범한 느낌의 대응이었다.

"그래서, 죄송합니다만…… 티스트리아 님께서 구원으로 보낸 몸으로서 다소 민망한 요청이나, 저희만으로는 이번 사태에 미처 대응할 수가 없습니다. 영주님의 병사와 협력 체제를 취하고 싶습니다만……."

"무, 물론입니다! 지금 병사를 움직이지 않는다면 언제 움직이 겠습니까!"

"이해해 주서서 감사합니다…… 히히히히……!"

'수상한 남자와 일하는 기사단장이 뒤섞여 있어…….'

이상하더라도 기사단은 기사단인지, 이야기의 내용은 지당했다.

이 모습에는 루크바트 자작도 안심했다.

"그럼…… 보고에 있던 습격당하는 마을로 병력을 파견하죠. 제 병사는 빈말로도 정기사나 종기사 수준이라고 할 수는 없으나, 그 래도 평범한 병사 정도는 됩니다. 약 백 명 정도 있으니……."

"아뇨, 충분합니다!"

"그리고 오거도 스무 명 정도…… 이것도 평범한 오거 정도의 실력이 있으니……."

"그, 그건 든든하군요! 제 부하와 합치면 충분히 각 마을을 지 킬 수 있습니다!"

생각했던 것만큼 강하지는 않지만 충분한 『인원수』였다.

자작의 얼굴이 단숨에 흥분의 기색으로 물들었다.

"또한 티스트리아 님께 탄원하여, 기사단의 석궁과 장창을 빌 려왔습니다. 상당한 숫자이오니 이것을 백성에게 나누어주면 그 들도 전력이 되어주겠죠. 다만…… 징용은 저희의 관할이 아닌지 라, 그 판단은 자작님께……."

"백성이라도 다룰 수 있는 무장이란 말씀이죠? 그게 이미 이곳에?"

"예, 티스트리아 님의 배려입니다."

"그렇습니까……! 백성의 힘까지 빌려야 하는 건 괴롭지만…… 그들이라면 자기 재산을 지키기 위해서라도 돕지 않겠습니까? 징용까지 발령할 필요는 없지 않을까요?"

"게히히히히……!"

'뜻밖에도 준비성이 좋은 남자로군, 다행이다.'

켄타우로스는 크게 보자면 일종의 기병이다.

상대가 장창이나 석궁으로 무장하면, 격파하지는 못해도 쫓아 낼 수는 있다.

물론 그렇더라도 민병대만으로는 상대하기 어렵겠지만, 병사 들이 같이 나갈 예정이라면 상관없다.

"평범한 켄타우로스뿐이라면, 이것으로도 충분히 상대할 수 있 겠지요. 하지만 듣자니 엘리트 켄타우로스도 있다고 하던데…… 어떻습니까?"

"실제로 싸운 적은 없는 모양이지만, 목격 증언이 있습니다."

"그렇다면 사실이라고 봐야겠군요. 그런 능력을 가지고도 도적 으로 전락하는 녀석들은 자기 능력에 교만해지는 법. 강경한 수 단으로 나와서 이쪽에 피해를 줄 가능성도 있습니다."

"……말씀이 맞습니다."

"그래서 제가 책략을 준비해 왔습니다."

충분한 방어전 대비를 설명하고서, 게다가 『책략이 있다』라는 말이 나오자, 자작은 무심코『뭐야, 생각했던 것보다 멀쩡하잖아!
』라고 외칠 뻔했다.

그렇게 말한다면 믿지 않았느냐는 이야기가 될 테니까 속으로
삼키기로 했다.

"우선 망원경을 몇 개 준비했습니다. 주변이 초원이라면, 조금
높은 곳에서 이걸 사용하면 접근을 조기에 탐지할 수 있을 터."

"오, 오오! 고급품이로군요. 고맙습니다. 전망대는 각 마을에도
있으니까, 그곳에 두죠!"

"그리고 또 하나, 제 특제 발연통…… 연기 신호를 준비했습니
다. 도적이 접근하면 바로 이것으로 신호를 보내었으면 합니다.
제가 본대를 이끌고 그곳으로 구원에 나서겠습니다."

"오오, 보병 백 명과 오거 스무 명조차 본대가 아니라니. 그건
참으로 든든하군요!"

망원경으로 조기 발견, 연기로 조기 구원 요청.

무척 알기 쉬운, 그러면서도 효과가 즉각적인 대책이었다.

혹시 자신이 적이라면, 상대가 연기를 피운 시점에서 도망칠
것이다.

그렇게 생각하던 참에, 루크바트 자작은 조금 불안해졌다.

"하지만 상대는 켄타우로스. 이 주변 일대의 지형에서는 무적
의 강함을 자랑합니다. 과연 기사단이라도 구원에 때를 맞출 수
있을지……."

병력을 각지에 배치하고 대기한다.

이에 대해서는, 기동력을 가진 적을 상대하는 적절한 대응일 것이다.

하지만 구원 부대가 도착할 때까지 상대가 남아 있을까, 그것은 의문스러웠다.

"게히히히히!"

하지만 그 걱정을 가이카쿠는 웃어넘겼다.

"자작님…… 아무리 상대가 강하다고는 해도 고작 스무 명, 단독 편성! 그런 걸 무서워할 필요가 어디에 있습니까?"

초원 지대에서 켄타우로스는 확실히 강하다.

적성이 높은 지형에서 적절하게 운용하고 있을 것이다.

하지만 그럼에도 준비를 마친다면 대응은 가능하다.

"그 걱정보다도 먼저, 우선은 병사를 배치하죠. 그러면 가축이나 식량을 쉽게 빼앗길 일은 없을 터……."

"그렇습니다! 어쨌든 배치하지 않으면, 아무것도 할 수가 없으니까요!"

가이카쿠의 제안에 자작은 바로 넘어왔다.

이대로는 반란이 일어날 수도 있으니까 시급한 대응이 필요했다.

'평범한 전력을 기책으로 분배하여 싸운다……? 대체 뭘 어떻게 해결하려는 걸까.'

자작은 역시나 마음속의 의문이 가시지 않았다.

각지로 전력을 보내고, 습격이 있을 때는 철저히 방어한다. 그렇게 시간을 버는 동안에 구원 부대로 협공을 가한다.

참으로 평범한 전략이라서 그럴까, 켄타우로스를 상대로 성공하는 이미지가 떠오르지 않았다.

차라리 황당무계한 작전이라면 『그렇게 될까, 될지도』라는 생각이 들 것이다.

'기술 기사단…… 평범한 기사가 아니라고 하던데, 대체 뭘 어쩌려고…….'

그 의문을 알아차렸는지 가이카쿠는 웃었다.

그렇다, 이것이 참을 수가 없었다.

'의아해하고 있군…… 내 신병기를 투입하기에 좋은 분위기야! 자, 위법이 아니라면 역사를 바꿀 대발명, 그것을 선보이는 날이다!'

그는 지금 환희의 예감으로 떨고 있었다.

9

현재 영내의 낙농가들은 엄중한 경계태세였다.

영주로부터…… 정확하게는 나라의 비축분으로부터 빌린 무기를, 언제든지 꺼낼 수 있는 장소에 두었다.

평소에는 온후한 영민들도, 켄타우로스가 습격한다면 자기 혼자서라도 돌격할 기개를 갖고 있었다.

평시에는 타성적으로 맡을 법한 전망대 경비들도, 지금은 눈에 핏발을 세우고서 주위를 경계하고 있었다.

가이카쿠가 빌려준 망원경으로 사기도 올라서, 자신이 기사가 된 것 같은 기분도 들었다.

영주의 병사, 가이카쿠의 병사가 주력으로 배치되기도 했기에, 낙농가들의 마을은 이미 군사 거점 같은 살기를 풍기고 있었다.

자기 재산을, 생존을 위한 식량을 빼앗으려는 자가 상대니까 당연한, 높은 사기였다.

그러나 그런 높은 사기에 루크바트 자작의 병사들은 살짝 불안해 보였다.

"영민들이 두려워하지 않는 건 좋지만…… 성 같은 벽이 없는 방어전에서는, 꼭 좋게만 작용하지는 않을지도 모르겠군요."

그렇게 말하는 병사들은 대략 서른 명. 물론 정규 훈련을 거친 병사이지만, 그럼에도 조금 불안한 숫자였다.

"그러네요. 방어전에는 인내심 강하고 함부로 나서지 않는 규율이 필요합니다. 높은 사기가 폭주를 부를 가능성도 있으니 말이죠."

그리고 가이카쿠가 파견한 병사는 인간도 오거도 전원 여자였다.

또한 오거는 무장이 조금 달라서 털북숭이 갑옷을 입고 있었다.

솔직히 그것도 불안 요소였지만, 그녀들은 제대로 상황을 파악하고 있었다.

"하지만 우리의 가장 중요한 역할은 적을 막아내는 억지력입니다. 높은 사기 없이는 해낼 수 없죠. 우리가 적보다 무섭게 행동하여 어떻게든 억지력을 유지해야 합니다."

"……그렇군요."

"이 과정에서 가장 중요한 건 적의 조기 발견입니다. 얼마나 적을 빨리 발견하여 알릴 수 있는가가 핵심이지요. 경비가 긴장하여 임하는 건 좋게 생각할 일입니다."

"……옳은 말씀입니다."

작전 자체에 이상한 부분은 없고, 아니면 달리 무슨 작전이 생각나느냐는 이야기도 있었다.

문제는 적이 강하고 빠르다는 것이었다.

'의지할 수 있는 전력은 오거가 다섯, 인간 보병이 합쳐서 쉰 명. 엘리트가 포함된 켄타우로스들을 상대하더라도 죽음도 불사하고 싸운다면 이쪽이 이기겠지만…… 그런 일이 벌어져서야 안 돼!'

가이카쿠도 말했지만, 병사가 죽으면 손실은 큰 것이다.

시시한 귀족일수록 병사 하나의 중요성은 더 커진다.

물론 이번 요격에서 순직하더라도 헛된 죽음은 아니다. 하지만…… 역시나 자작과 이 영지에게는 부담이다.

물론 영민도, 그들의 가축도 마찬가지다.

'우리도 그렇지만, 민병의 희생도 어떻게든 적게 억누르고 싶어…… 그를 위해서는 본대가 빨리 도착해야 하는데…….'

지금 이곳으로 적이 온다고는 단정할 수 없고, 다른 곳에 와 있을 가능성도 있다.

오히려 경계한다는 사실을 깨닫고서 냉큼 도망치고 있을지도 모른다.

아니, 차라리 그렇다면 이 이상의 희생은 없이 그칠 것이다.

현실을 알기에 찾아오는 약한 마음이, 병사 안에 있었다.

하지만 그 기대는 배신당했다.

"케, 켄타우로스다!!"

"경종을 울려라!"

"여, 연기! 연기를 피워라~~!!"

전망대에서 망원경으로 경계하던 영민이 평온을 찢어버리듯 절규를 높였다.

경종을 울리기 전부터 마을 전체에 울릴 것 같이 큰 목소리였다.

그것을 듣고 영민들은 무척 허둥대기 시작하고, 반대로 정규 병사들은 허둥대지 않고 움직였다.

"당황하지 마라! 우리가 있다! 구원 부대도 도착한다! 침착해라!"

"아무리 켄타우로스라고 해도 망원경으로 발견한 거리에서 단숨에 날아올 일은 없다! 녀석들도 생물, 다가올 때까지는 전속력을 내지 않고, 힘을 모으고 있다!"

"이쪽에는 오거도 있어! 다가온다면 확 쓰러뜨려 주겠어!"

영주의 병사들은 안심할 수 있을 이야기를 늘어놓았다.

딱히 틀린 말도 아니었다. 이길 수 없을 정도는 아니고, 오히려 유리했다.

하지만 희생을 각오해야만 한다. 그것이 두려웠다.

"······자작 경의 병사여, 우리는 기사단에 소속되어 있지만 빈 말로도 기사를 자칭할 수 있을 만큼 강하진 않아. 기술 기사단은 결국 이상한 존재, 실태는 그런 거야."

"무, 무슨 말을······ 그래도 든든하다고요."

"하지만 우리 주인은······ 기사단장만큼은······ 우리의 무력함을 채우고도 남지!"

가이카쿠의 부하들은 당연히 작전의 전모를 파악하고 있다.

그러니까 가이카쿠가 이끄는 본대가 어디에 있는지를 파악하고 있다.

이 마을의 주민, 또는 영지 전체에게는 행운.

그리고 도적들에게는 불행.

"기사단장 경은 곧 도착하신다, 이제 누구도 죽지 않아······!"

습격당한 이 마을은, 본대가 대기하고 있는 지점에서 가장 가까운 마을이었다.

10

발연통에서 나오는 연기. 멀리서 보이도록 연기를 피우고, 그 것을 드러내어 신호를 전달한다.

옛날 옛적부터 존재하는 『통신 수단』 중 하나로, 징 소리 같은 것은 닿지 않는 먼 거리까지 전달할 수 있다.

물론 무척 단순한 신호만이 가능하지만, 그래도 구원 요청에는 충분했다.

가이카쿠 특제 발연통에서 색깔이 있는 연기가 하늘을 향해 똑바로 올라갔다.

그 모습을 당연히 켄타우로스들도 보고 있었다.

"이봐, 디퍼. 뭔가 평소랑 마을 분위기가 다른데?"

"병사들이 보여. 어떻게 하지? 귀찮은데, 오늘은 물러날까?"

"……그렇군, 가봐야 아무것도 못 얻을 것 같아."

젊은 켄타우로스 남자들은 경쾌하게 달리며 논의를 나누었다.

요격 태세를 갖춘 것은 성가시지만, 정 안 될 경우에는 도망치면 그만이라고 생각했다.

높은 기동력이란 그런 것이다. 언제든지 도망칠 수 있으니까, 여유를 가질 수 있는 것이다.

"하지만 무서워서 도망쳤다는 인상은 마음에 들지 않는군. 필사적으로 싸우려고 하는 인간들을 가지고 논 다음, 유유히 돌아가자."

"하하하! 그러네, 밥은 이미 충분히 빼앗았으니까!"

"호들갑스럽게 대비해 봐야 우리한테는 아무것도 못 한다는 걸 가르쳐주자고!"

절대적으로 유리한 지형에 있을 때, 생물은 끝없이 오만해진다.

이 환경에서 절대적인 강자다, 그런 자각이 있었기에 전체적으로 릴랙스하는 것이었다.

"그럼 화살을 좀 퍼부어 줄까."

"뭔가 거의 안 썼단 말이지, 훔치는 게 너무 간단해서!"

"그러네…… 그러면 즐겨보자고!"

켄타우로스의 젊은 엘리트, 디퍼.

그는 젊은 혈기에, 부하와 함께 놀이를 즐기고 있었다.

혹시 그가 대성한다면 젊을 때는 개구쟁이였다는 식으로 역사에 기록될 것이다.

오늘 이날을 무사히 지나간다면 말이지만.

"하, 하하하하! 하하하하!"

마을로 접근하는 켄타우로스들. 그와는 다른 방향에서 『흙먼지』를 올리며 다른 무리가 접근하고 있었다.

그들의 속도는 켄타우로스에게 뒤처지지만 평범한 사람이나 마차를 크게 뛰어넘었다.

"좋아, 좋아! 최고야! 이대로라면 마을에 도착하기 전에 접촉할 수 있어! 그러면 아군에게 피해가 생기지 않은 상태로 작전을 진행할 수 있어!"

폭주하는 것은 차량 네 대.

이 세계에 처음으로 생긴, 자신의 동력으로 달리는 『자동차』.

후륜 여섯 개와 전륜 두 개로 초원을 쾌속 질주하는, 유기적인 장갑으로 보호되는 군용 차량.

한 대당 심장 아홉 개를 내장하고, 그 혈압을 통해 후륜을 회전시켜서 전진하는, 획기적이고 혁신적이고 악마적인 병기.

"반장님, 목소리 좀 줄여! 안 그래도 심장이 요란스러운데, 시끄러워서 견딜 수가 없다고!"

큰 소리로 웃는 가이카쿠 바로 뒤에는 기관부에서 작업 중인 벨린다가 있었다.

아니, 그녀만이 아니었다.

"혈압 정상! 혈류 정상! 순항 속도를 유지!"

"다른 차량도 현재는 모든 심장이 순조로운 것 같습니다!"

각 차량에는 다섯 명씩, 경비병을 겸하는 드워프들이 탑승하고 있었다.

그리고 가이카쿠가 운전하는 것은 당연히 선두 차량이었다.

"보아라, 켄타우로스! 『나인 라이브스(강화 심장 동력 차량)』를 선보이는 날…… 그리고 기술 기사단의 새로운 병과, 드워프 동력 기병대의 첫 출진이다아!"

차량은 고장이 날 수도 있다. 전장을, 포장되지 않은 길을 달린다면 더더욱.

하물며 이 세계의 이 시대, 자동차가 달리는 경우는 상정하지 않았으니까 길 정비가 전혀 되어 있지 않았다.

그렇기에 나인 라이브스를 운용하는 것은 수리 스킬도 훈련된 드워프 동력 기병대여야만 하는 것이었다.

"그건 그렇고 이런 일을 할 수 있다니, 우리도 놀랐어!"

처음에 드워프들은 불만이 가득했지만, 이제는 이미 신병기에 몰두하고 있었다.

무엇을 위해서 만드는지 알 수 없었던 톱니바퀴나 차륜이 입체적인 퍼즐처럼 조합되어 『자동차』가 되었다.

설계도를 받았을 때는 크게 열광하고, 실제로 달렸을 때는 함성을 터뜨리고, 실전에 투입된 지금은 대흥분했다.

"게다가 의외로 흔들리지 않아서 탑승감도 좋고……."

"이것의 전 단계부터 진동 탓에 영양 탱크나 심장 케이스가 잔뜩 부서져서 말이야…… 진동을 어느 정도 줄이지 않고서는 못 쓴다는 걸 알았거든. 그러니까 타이어를 고무로 만들고 스프링을 달아서, 어떻게든 완성을 시킨 거지."

과연 천재를 자칭할 만큼의 능력이었다.

가이카쿠의 테스트 기기는 몇 분 만에 고장 나는 일 없이, 잘 달리고 있었다.

훈련을 쌓고 5인 체제로 조작하고 있기도 해서, 어떻게 운전하면 좋을지 모르는 일도 없었다.

"그래서, 이제부터는 어떻게 하지? 설마 달려서 쫓아가면 이긴다고 생각하진 않겠지?"

"상대에 따라서 다르겠지! 하지만 안심해…… 일단 지진 않아!"

벨린다의 질문에 가이카쿠는 계속 운전하며 대답했다.

"기관부, 알고 있겠지! 심장은 한 조 단위로만 움직이라고!"

"예!"

이 나인 라이브스는 아홉 개의 심장을 탑재하고 있지만 항상 그것을 모두 움직이는 것은 아니었다.

시동을 걸 때와 최고 속도를 낼 때 말고는 세 개씩만 움직이고 있었다.

세 개를 한 조로, 도합 3개조. 심장 여섯 개가 고장 나더라도 그 럭저럭 달릴 수 있도록 되어 있었다.

현재 순항 속도로 달리고 있으니까 움직이는 것은 세 개뿐이 었다.

참고로…… 이 나인 라이브스, 엑셀도 브레이크도 클러치도 변 속기도 없으니까 실질적으로는 심장 조작만으로 속도를 변경하 고 있었다.

따라서 지상을 타이어로 달리는 차량이기는 하지만 구조를 따 지자면 해상의 모터보트에 가까웠다.

"이쪽 측면! 적이 접근합니다!"

"좋아!"

참고로 사이드미러도 백미러도 없으니까, 조타수는 주변의 환 경을 파악할 수 없다. 전속 감시원이 관측창으로 바깥의 상황을 확인하도록 되어 있었다.

"저, 전 차량이 포위당했습니다! 저, 정말로 괜찮을까요?"

"문제없어! 상대가 엘리트라고 해도 말이야!"

그 감시원이 비명을 지르기 시작했다. 켄타우로스 도적들이 다 가오는 것이었다. 그뿐만 아니라 포위당하고 있었다.

"이거 뭐야…… 어떻게 말도 소도 없는데 차가 달리는 거지?"

이 세계에서 차량이란 기본적으로 동물이나 사람이 견인하는 것이다.

내부에 동력을 탑재하여 스스로 달린다. 그런 것은 이 나인 라이브스가 처음이니까 당연히 켄타우로스들도 보는 것은 처음이었다.

그들은 흥미진진하게 속도를 맞추어 함께 달리기 시작했다.

"뭔가 엄청나게 두근대는 소리가 들리는 것 같은데……."

"너무 다가가지 말라고, 안에서 쏠지도 몰라."

"허, 그런 멍청한 짓을 하겠냐고."

나인 라이브스는 일반인이 전력으로 질주하는 정도의 속도를 유지하고 있지만, 켄타우로스들이 보기에는 느긋이 산책을 하는 것 같은 속도였다.

그래서 나인 라이브스를 제대로 얕보고 있어서, 자기 손으로 외벽을 텅텅 때리기조차 했다.

이것이 세상에서 말하는 『보복 운전』이다.

이 세계의 첫 자동차인 나인 라이브스는 첫 실전 투입에서, 그대로 첫 보복 운전을 마주하게 된 것이었다.

"두, 두들겼어!"

"좋아, 그럼 부딪쳐 볼까! 전원 가까운 손잡이를 잡아라, 흔들린다고!"

당했다면 갚아주겠다고, 가이카쿠는 사악하게 웃으며 모두에게 명령을 내렸다.

참고로 이 나인 라이브스에는 안전벨트가 없다.

애당초 앉을 의자가 없다. 그야말로 배처럼 모두가 서 있었다.

"우현 전타!"

우현 전타란 『오른쪽으로 꺾습니다』라는 의미다.

가이카쿠는 타륜을 오른쪽으로 꺾어서, 오른쪽 측면에 있던 켄타우로스에게 호쾌하게 부딪쳤다.

이것을 전문 용어로 카 체이스, 난폭 운전이라고 한다.

"으, 으어어어어?!"

자신의 몇 배나 무거워 보이는 차량이 갑자기 부딪치려고 들었다.

측면을 두드리던 켄타우로스는 허둥지둥 거리를 벌렸다.

"바보가! 냉큼 떨어져라!"

"아, 알았다고!"

부딪치면 그것만으로도 큰 사고다.

그것을 알고 있기에 디퍼는 장난을 치는 동료에게 주의를 환기했다.

"정말이지! 바보짓이나 해대기는! 이런 장난감, 구멍투성이로 만들어 주마!"

창이 닿을 것 같은 거리에서 켄타우로스 하나가 활시위를 당겼다.

유목민이 사용할 법한, 작은 활.

그것의 사정거리는 통상적인 활보다 짧지만, 그럼에도 이 거리라면 절대로 빗나갈 일은 없고 위력도 열 배 이상일 것이다.

그야말로 약한 상대를 괴롭히겠다는 정도의 태도로, 그는 화살을 날렸다.

기세 좋게 날아간 화살은 속도가 떨어지기 전에 명중, 나무 장갑에 푹 박혔다.

아니다, 가볍게 박혔을 뿐이었다. 끝의 극히 일부분이 가볍게 박혔을 뿐, 차량의 진동과 풍압만으로 빠져서 떨어졌다.

그야말로 전혀 통하지 않는 상황을 보고 젊은 켄타우로스들은 허어? 하며 분노했다.

"이봐, 이거 뭐냐고! 웃기지 마!"

"진정해…… 내가 해볼게!"

이 무리의 엘리트인 디퍼.

그는 동료보다도 훨씬 강한 활을 겨누고, 그것을 크게 당기고는 지극히 가까운 거리에서 화살을 날렸다.

그러자 이번에는 박히기는커녕 화살이 박살났다.

단순히 화살촉보다 장갑이 강해서 밀린 것이었다.

"……그렇군, 안에 철판이라도 댄 모양이다."

디퍼는 불쾌한 듯 내뱉었다.

실제로는 그런 무거운 건 사용하지 않았지만, 다른 수단으로 장갑을 견고하게 만들었으니까 아주 빗나간 추측도 아니었다.

"어떻게 할래? 네가 안 통한다면 우리가 해봐야 안 된다고?"

"느긋하게 달리는, 튼튼할 뿐인 차량…… 그냥 내버려 두지 않을래?"

"시시하다고, 이런 거! 이제 마을을 습격하자고!"

"그러네, 이걸 부숴봐야 얻는 것도 없고."

"……아니, 물러난다."

여기서 디퍼는『현명』한 판단을 내렸다.

"생각해봐라, 이대로 어슬렁어슬렁 쫓기면서 무장한 인간과 싸울 수 있겠어?"

"그건 귀찮네……."

"빼앗아봐야 그다음은 짐만 늘어날 테니까 우리도 둔해져. 자칫하면 치어 죽을 거라고."

"재미없는 이야기로군. 하지만 뭐, 우리를 막아보겠다, 저만큼 준비하고 이런 것까지 만들었는데, 우리가 도망치기 시작했더니 쫓아오지 못하면, 녀석들도 분하겠지?"

작정하고 달리면 따돌리는 거야 어렵지도 않겠지만, 공격이 통하지 않는 상대를 붙잡고 있는 건 몹시 성가셨다.

디퍼는 합리적으로 판단하여 아군을 이끌고서 떠났다.

그렇다, 상대가 만전의 태세를 갖추고 있다면 냉큼 돌아가는 것이 옳다.

"가자고, 떼어내라!"

디퍼 일행은 단숨에 가속했다. 초원 최강을 자랑하는 켄타우로스의 전력 질주.

나란히 달리던 나인 라이브스를 제쳐놓고 단숨에 땅끝까지 사라졌다.

"적이 도주합니다! 우리……가 아니었지, 마을에서 멀어지고 있습니다! 무척 빠릅니다! 추격할까요?"

"물론!"

피해가 발생하기 전에 막아낸 것만으로도 나쁘지 않은 성과였다.

하지만 아무런 타격도 주지 않고 쫓아내기만 하면 또 다른 마을이 습격당할 수 있다.

어떻게든 추격해서 두 번 다시 도적질할 수 없도록 만들어야 한다.

"그러면 모든 심장을……."

"아니, 작전대로 해! 관측수, 지붕으로 올라가서 망원경으로 적을 추적해라! 지도수도 같이 올라가서 현재 위치를 확인! 상대의 진행 방향으로 바탕으로 루트를 상정해라! 지나갈 수 없는 길을 확인해!"

켄타우로스가 진지하게 달리면 3분의 1의 동력만 사용하는 나인 라이브스로는 도저히 쫓아갈 수 없다.

"자, 켄타우로스들…… 너희의 몸에 교육해 주지! 인간의 사냥을 말이다!!"

하지만 그런 것은 가이카쿠에게 상정한 범위.

그는 어디까지고 사납게 웃고 있었다.

11

전력 질주로 기묘한 차량을 뿌리친 후, 젊은 켄타우로스들은 불만스럽게 달리고 있었다.

원래부터 그들은 그저 날뛰고 싶으니까 약탈했다.

기분 좋게 약탈하고 기분 좋게 도망쳐서, 상대를 곤란하게 만들고 싶었을 뿐이었다.

그러지를 못했으니까 그야말로 불만이 가득했다.

"정말이지, 저건 뭐냐고. 어떻게 달리는 거야?"

"그러게…… 장갑이 두꺼운 건 뭐, 이해되지만…….

"안에서 오거가 밀고 있는 거 아냐?"

"……상상했더니 웃기는데!"

하지만 그럼에도 금세 기운을 냈다.

별것 아닌, 또 다른 장소에서 날뛰면 그만일 뿐인 일이었다. 이미 제대로 도망쳤으니까, 이제는 지나간 이야기다.

그렇게, 생각하고 있었다.

단숨에 전력으로 질주하고, 뿌리치고, 지금은 이미 터벅터벅 달릴 뿐. 그들은 마음을 놓고 있었지만, 디퍼만큼은 무언가를 알아차렸다.

"……이봐, 너희들. 뒤를 봐."

"허? 어…… 아니, 저 녀석들 아직도 따라오네."

"어슬렁어슬렁…… 성가시군."

완만한 초원 지대이기에 추격하는 쪽도 당하는 쪽도 훤히 보였다.

나인 라이브스 네 대가 후방에서 쫓아오는 것은, 망원경이 없는 그들로서도 빤히 알 수 있었다.

　"어쩔 수 없군. 한 번 더 뛰어서 뿌리치자고."

　"아니, 또 달리게? 난 기진맥진이라고."

　"이대로 아지트로 안내할 작정이냐? 그랬다간 저게 아지트를 박살 낼 걸?"

　이 켄타우로스들은 초원의 어느 장소에 텐트를 쳐서 그곳을 거점으로 삼고 있었다.

　물론 지금도 그곳으로 돌아가는 중이었는데, 이대로는 상대에게 안내하는 꼴이 된다.

　그래서야 이번에는 이쪽이 거점을 빼앗길 것이다.

　"녀석한테는 우리 화살이 통하지 않아. 아마도 칼날로 내리쳐도 마찬가지겠지. 그런데 어떻게 저걸 멈추겠어."

　"그건 뭐, 그렇지만……."

　"결국은 뛰어서 뿌리칠 수밖에 없어. 계속 달려!"

　"아니, 잠깐만!"

　디퍼는 가속하려고 했지만 아무도 그를 따라가지 않았다.

　아니, 정확히는 따라갈 수가 없었다.

　"그러니까! 더는 못 뛴다고!"

　"……이런!!"

　디퍼는 자신의 어린 생각이 부끄러웠다.

　다시금 뒤를 보면 그곳에는 속도가 전혀 떨어지지 않는 적이 있다.

일정한 속도를 유지하며 확실하게 추격하는, 이쪽이 공격이 통하지 않는 적이 있다.

"이것 참, 그렇게나 당황할 일이야? 아직 거리가 있잖아?"

"그래, 게다가 녀석들도 지칠 테니까 계속 쫓아오진 못하겠지."

"혹시…… 혹시라도!"

태평한 동료에게 디퍼는 최악의 사태를 이야기했다.

"혹시라도 지치지 않는다면, 어떻게 할 거야!"

12

지구에서 가장 빠른 지상 동물은 치타다.

고양잇과의 이 맹수는 지상에서 누구보다도 빨리 달릴 수 있다. 그 속도로 사냥감에 달려드는 것이다.

그렇다면 치타의 사냥이 반드시 성공하는가, 그것은 아니다. 치타는 가장 빠른 짐승이지만 사냥 성공 확률은 절대 높지 않다.

초식동물들은 자신보다 빠른 적으로부터 어떻게 도망치느냐면…… 지구력으로 승부한다.

치타는 확실히 빠르지만 최고 속도를 유지할 수 있는 시간은 지극히 짧다.

그 짧은 시간 사이에 붙잡지 못한다면 치타는 지쳐서 더는 추적하지 못한다.

초식동물이 계속 도망친다면, 계속 도망칠 수 있다면, 어떻게든 뿌리칠 수 있는 것이다.

이것은 많은 짐승의 공통점이다. 육식동물은 단거리 달리기, 초식동물은 장거리 달리기에 적합하다.

그렇다면 인간은 어떠한가. 잡식성이고 초식동물도 사냥하는 인간. 이들은 어떻게 사냥하는가.

화살이나 바람총을 사용한다, 투석기를 사용한다…… 그렇게 원거리 공격을 한다. 그것도 확실히 인간답다.

하지만 또 하나, 인간의 강점을 살린 사냥 방법이 있다. 그것은, 지구력 사냥.

지구력이 뛰어난 초식동물을 끈질기게 쫓아가서 지치게 하고, 더는 움직이지 못하게 되었을 때 사냥하는 것이다.

그렇다…… 실제로 인간 이상의 지구력을 가진 동물은 그리 많지 않다.

인간은 조금 훈련을 거치면 42.195km마저 뛸 수 있다. 지구력으로 사냥에 나서는 게 당연하다고 봐야 할 정도다. 초식동물…… 예를 들면 말은 그렇게 먼 거리를 한 번에 달릴 수가 없다.

말은 인간보다도 멀리 달릴 수 있다는 것은 편견에 불과하다.

말 같은 초식동물이 지구력이 뛰어나다는 것은 육식동물과 비교했을 때다. 인간과 비교한다면 대부분은 체력이 떨어진다.

절반은 말인 켄타우로스들도 마찬가지.

일정한 거리까지는 인간보다 훨씬 빠르게 달릴 수 있지만, 그것을 넘어서면 지쳐버린다.

　설령 시속 60km로 달릴 수 있더라도, 그 속도를 한 시간 동안 유지할 수 있는 것은 아니다. 하물며 하루 종일 유지하다니, 절대로 불가능하다.

　"기병이라면 말을 바꿀 수 있지만, 너희는 어떨까? 인마일체인 너희는 절대로 뿌리칠 수 없단 말이야……."

　가이카쿠는 사납게 웃고 있었다.

　"반면에 이 나인 라이브스는 지금, 탑재한 심장 9개 중 3개씩만 움직이고 있지. 그동안에 남은 심장 여섯 개는 쉴 수 있어. 셋, 셋, 셋의 로테이션을 짜면 영양 탱크가 빌 때까지 계속 달릴 수 있단 말이다!"

　"운전하는 것만으로도 피곤하지만……."

　"그래도 『자기 다리』로 달리는 녀석들보다는 안 지쳐! 물론 엘리트라면 기본적인 속도가 다른 만큼, 아직 여유는 있을 테지만…… 다른 녀석들은 더 이상 못 달릴걸?"

　지금 켄타우로스들은, 예를 들자면 마라톤 풀코스를 방금 막 뛴 상태다.

　한동안 쿨다운을 하더라도 오늘 하루는 더 이상 못 달린다. 걷는 것도 간신히, 그런 컨디션이다.

　"지금부터 헐레벌떡 도망치더라도 지친 몸으로는 긴 거리를 도망치진 못해. 애당초 우리는 네 대가 있지. 붙잡는 게 아니라 치어서 죽인다면, 여럿도 문제 없어!"

"정말 작전대로 진행하는구나."

"결국 한 대도 안 부서졌으니까! 이것 참, 드워프 님 만만세야! 진짜로 부품 정밀도가 좋단 말이지!"

"전부 순항 속도였으니까. 최대 속도를 냈다면 아무리 그래도 두 대 정도는 부서졌을걸."

켄타우로스들이 지친 한편, 가이카쿠는 잔뜩 신이 났다. 병기가 상정한 것 이상으로 잘 움직이고, 작전이 상정한 그대로 진행된다면 기분이 좋은 법이다.

"뭐, 어쨌든, 녀석들과 우리 사이에는 아직 거리가 있어. 이대로 계속한다면 상대한테는 시간을, 여유를 주게 되겠지."

"아직 뭔가 할지도 모른다고?"

"그래."

가이카쿠는 사악의 극치 같은, 해악 그 자체 같은 미소를 지었다.

"그렇게 쓸 수 있는 수단조차도…… 이쪽은 압박하고 있지만 말이야."

13

켄타우로스의 젊은 엘리트인 디퍼는 이 상황에 분개하고 있었다.

엄폐물이 없는, 완만한 평원. 본래 켄타우로스에게 유리한 지형이 자신들의 목을 죄고 있었다.

"지긋지긋하네……!!"

이것이 전투라면 그래도 상대에게 경의를 품을 수 있다. 하지만 이것은 명백하게 사냥이었다.

이쪽의 무기가 통하지 않는 장갑으로 방어하고, 지칠 때까지 쫓아다닌다. 이것은 정말로 사냥 이외에는 그 무엇도 아니었다.

"우리 켄타우로스를 짐승 취급하다니……!"

하지만 분하게 생각할 여유가 있는 것은 디퍼뿐이었다.

다른 자들은 점점 다가오는 괴물 넷을 상대로 이미 포기하고 있었다.

"디퍼…… 너만이라도 도망쳐!"

"뭐라고?"

"우리는, 이제, 무리야…… 못 달려…….”

"너만이라면 도망칠 수 있잖아, 우릴 두고 가."

확실히 현명한 판단이었다.

그보다도 이제는 달리 떠오르는 수단이 없었다.

화살이 통하지 않고 뛰어서 도망칠 수 없는 상대에게, 켄타우로스는 할 수 있는 일이 없었다.

"……그런 짓을 하고서, 어떻게 살아가라는 거야!"

하지만 얄궂게도 디퍼에게는 아직 여유가 있었다.

여유가 있었기에, 자신만 도망친다는 선택을 할 수가 없었다.

"하, 하지만…… 저 녀석들, 점점 가까워진다고…….”

"저게 어떤 마술을 부려서 움직이는지는 모르겠지만, 우리보다 먼저 지치는 걸 기대할 수는 없어. 이제 우리는 안 돼…….”

"……!"

굴욕이었다.

이런 사냥 같은 방법으로 구석에 몰리고, 끝내 동료를 버리다니.

'내가 저 녀석들한테 돌진해서…… 아니, 무리야. 한 대 정도라면 돌진해서 부술 수 있을지도 모르겠지만, 네 대는 무리야!'

켄타우로스 엘리트인 디퍼는 통상적인 켄타우로스보다 훨씬 강력한 다리를 가지고 있다. 그것으로 걷어찬다면 저 장갑을 부술 수 있을지도 모른다.

하지만 말의 골격 상, 달리는 상대에게 발차기를 날리는 것은 간단하지 않다.

때에 따라서는 다리가 비틀려서 그대로 부러질 수도 있다. 그렇게 된다면 더는 싸우지 못할 것이다.

그보다도 그렇게나 간단히 부술 수 있다면, 아까 단계에서 이미 했다.

'뭔가 없느냐…… 뭔가……!'

디퍼는 필사적으로 계속 생각했다.

그리고 그의 시야에 『지형』이 비쳤다.

"저기로 도망치자고!"

그가 동료에게 가리킨 곳은 초원 안에 우뚝 선 바위산이었다.

"상대가 어떤 장치로 움직이는지는 모르지만, 차량인 건 분명해. 바위산을 올라갈 순 없지. 억지로 올라오더라도 그때는 내가 걷어차서 떨어뜨려 주겠어!"

켄타우로스들은 바위산도 그럭저럭 올라갈 수 있다.

물론 평원과 비교하면 서투르지만, 차륜과 비교하면 강한 편일 것이다.

"그렇군…… 그 방법이 있었나."

"하지만, 아직 꽤 거리가……."

"어떻게든 달려! 이렇게 짐승처럼 죽는 걸, 너희는 받아들일 수 있겠냐고!"

디퍼는 멀리 보이는 바위산을 향해 뛰어가도록 동료를 고무했다.

이미 휘청휘청 비틀비틀이었지만, 그래도 아직은 나아가고 있었다.

다행히 차량 네 대는 아직 멀었다. 일정한 속도를 유지한 채, 계속 추적 중이었다.

'저게 최고 속도인가? 아니면 얕보고 있나? 하지만 어느 쪽이든 상관없어, 어쨌든 활로는 있다!'

여유를 가지고 쫓아오는, 네 대의 차량.

등 뒤로 그들의 추적을 느끼며 켄타우로스들은 앞으로 나아갔다.

바위산까지 가면 쉴 수 있다, 그 마음으로 기어가듯 느릿느릿 나아갔다.

'정말로 왔어…….'

'역시 어르신, 작전이 훌륭해.'

'아직이야, 아직이라고?'

'족장님이 약하게 만들어줬어, 놓쳐서는 안 돼……!'

하지만 그들은 생각해 보아야 했다.

이것이 사냥이라면, 이 넓은 초원에 딱 하나 존재하는 바위산에…….

유일한 활로에 함정을 설치하는 것은 당연했다.

"지금이야…… 가자!"

"응!"

바위산 뒤에 숨어 있던, 스무 명의 다크 엘프 야간 정찰대.

그녀들은 손에 들고 있던 석궁을, 휘청휘청하는 켄타우로스들을 향해 겨누었다.

"뭐야?!"

"어어?!"

조금만 더 가면 쉴 수 있다, 그렇게 생각하던 켄타우로스들은, 기다리고 있던 적을 보고서도 아무것도 할 수가 없었다.

"뭐……!"

디퍼마저도 사고가 정지해버렸다.

동료를 구할 수 있다고 생각하던 그는, 그 희망이 가로막힌 사실을 받아들이지 못했다.

그리고 그것을 다크 엘프들은 기다리지 않았다.

무자비하게 발사한 스무 발의 화살.

그것은 그렇게까지 명중률이 높지는 않아서 절반 정도가 빗나갔다. 한 사람한테 여러 발이 박히기도 해서…… 그러니까 다섯 명 정도밖에 쓰러뜨리지 못했다.

"어, 아……."

"다, 다들!"

그러나 동료들이 화살을 맞았다는 사실에 켄타우로스들의 다리는 완전히 멈추었다.

이런 궁지에서는 절망을 가속할 뿐이었다.

"가자고!"

마무리를 짓겠다는 듯, 마찬가지로 숨어 있던 수인 고기동 척탄병대가 폭약구를 던졌다.

안 그래도 지치고, 동료의 죽음을 직면한 켄타우로스들. 그들의 몸으로 파편이 쏟아졌다.

제대로 된 방어구를 입지 않은 켄타우로스들에게는 그야말로 치명적인 비였다.

이것으로 대부분의 켄타우로스가 행동 불능에 빠졌다. 예외라면 디퍼 정도였다.

"……이 자식들."

자신들은 정말로 짐승이었다. 사냥감에 불과했다.

파편을 맞아서 피투성이가 된 디퍼는, 그 사실을 확신하고 더더욱 격노했다.

"이 자식드ㅇㅇㅇㅇㅇㅇㅇㅇ을!"

펼쳐진 함정에, 자신들을 농락한 책략에 그는 격분했다.

자기 눈앞에 있는, 원거리 무기를 모두 사용한 수인이나 다크 엘프들에게, 등에 지고 있던 활을 쏘았다.

"꺄!"

"수, 숨어!"

원래부터 바위 뒤에 숨어 있던 그녀들은 곧바로 그곳으로 돌아갔다.

상당한 일격이었지만 어차피 화살.

그 바위에 화살이 닿기는 해도 뚫리지는 않았다.

그리고 그녀들은 그대로 숨어서 나오려고 하지 않았다.

"오오오오!"

이대로 여기서 쏘더라도 의미가 없다. 디퍼는 울부짖으며 전진하여 그녀들을 끌어내려고 했다.

그런 그는 역시나 생각이 부족했다.

그녀들이 이곳에 숨어 있다면…… 그야말로 함정 정도는 준비했을 것이라고.

"?!"

앞으로 나온 참에 다리가 미끄러졌다.

마치 진창에 빠진 것처럼, 초원에 다리를 붙잡힌 것이었다.

뭉뚱그려서 말하자면, 윤활유를 지면에 뿌린 것이었다.

구멍을 파는 것과 같은 수준의 얼빠진 함정이지만, 상정하지 않았던 상대를 넘어뜨리기에는 너무나도 충분했다.

전력으로 질주하던 참에 넘어진다면 체중과 속도에 비례해서 대미지를 입는 법이지만, 더더욱 무서운 함정이 설치되어 있었다.

"아, 아아아아아아!"

닌자의 무기로 유명한 『마름쇠』였다.

밟으면 발바닥에 박히는 금속제 가시, 그렇게 말하면 이해할 수 있을 것이다.

심플한 함정이 설치된 곳으로, 그는 모든 체중을 실어서 넘어진 것이었다.

그것은 이미 비참했다.

"으아······."

"아아······."

가이카쿠의 지시대로 설치한 그녀들로서도 보고 싶지 않은 비참한 모습이었다.

켄타우로스 엘리트일 터인 디퍼는, 이제는 저항도 할 수 없게 되었다.

"아아아아아아아아아아악!"

정말로 짐승처럼 쓰러졌다.

그것을 완전히 자각한 디퍼는 그저 원한이 담긴 목소리를 내지를 수밖에 없었다.

"오오, 멋지게 전멸······."

그리고 그 광경에 기뻐하며 가이카쿠는 이 바위산에 다다랐다.

나인 라이브스에서 내려서 전황을 조용히 바라봤다.

만족스럽게 확인하고는, 이 자리에 있는 전원에게, 이런저런 의미가 담긴 하나의 말을 건넸다.

"다들, 수고했어♡"

물론 기술 기사단은 그렇게 수고를 하지 않았다.

기본적으로 기다렸을 뿐, 움직인 것은 한순간이었다.

수고한 것은…… 켄타우로스였다.

14

기술 기사단 단장, 가이카쿠 히쿠메.

이 땅에서 맹위를 떨치던 켄타우로스 도적단은, 그가 주도한 작전으로 궤멸당했다.

아직 살아있는 자도 있었지만, 전원이 포박당했다. 죽은 자와 함께 나인 라이브스 지붕에 묶여서, 그대로 루크바트 자작이 있는 곳까지 운반되었다.

영주 곁에는 피해를 당한 낙농가들도 소집되어 범인들을 확인하고 있었다.

"이힛힛힛…… 이 녀석들이 틀림없을까요?"

"이, 이 녀석이야…… 이 녀석이 도둑 두목이야!"

"그래, 이 모습은 틀림없어! 이 엘리트가 리더였어!"

낙농가들은 입을 모아 디퍼를 가리켰다.

온몸이 너덜너덜하고, 네 다리가 완전히 망가지고, 그럼에도 아직 용맹한 모습인 디퍼.

그는 불쾌한 듯, 호소하는 영민들을 노려보고 있었다.

물론 그 이상으로 가이카쿠도.

"……히, 히쿠메 경. 훌륭한 솜씨로군요, 설마 피해도 없이 붙잡을 줄이야."

"히히히! 아뇨아뇨, 피해라면 생겼지요. 제가 쓸데없이 무기를 나누어주고 경계를 촉구한 결과…… 여러분의 일상생활에 지장이 생기지 않았습니까?"

"아뇨…… 그건 결과론입니다. 수비를 만전으로 만들어 주시지 않았다면, 저도 백성도 그저 걱정뿐이었을 겁니다. 혹시 그것을 게을리했다면, 제대로 풀려도 『운이 좋았을 뿐이다』라든지 『우리 목숨으로 도박했다』라고 여겼을 수도 있습니다."

루크바트 자작이 백성의 마음을 대변하고, 그것을 근처에 있던 백성들은 말없이 끄덕여서 긍정했다.

가이카쿠는 모든 작전을 전원에게 주지시키지 않았지만, 그럼에도 용서할 수 있는 것은 수비의 정석만큼은 제대로 밟았다는 점이었다.

그야말로 최선을 다했으니까, 반발도 적은 것이었다.

"그렇게 여겨주신다면 고맙지요, 기껏 티스트리아 님께 무리하게 부탁드려 어떻게든 빌려왔는데…… 사용하지 않았습니다, 이니까요!"

"……사용하지 않고 넘어갔다면 그게 더 좋은 일 아니겠습니까. 뭣하면 빌린 비용은 제가 내더라도 괜찮습니다."

"오오, 그건 고맙군요. 하지만 그래서는 이중의 경비 부담……
티스트리아 님께 『최고의 대응을 해주었다』라고 보고해 주신다
면…… 저는 그 이상 바라지 않습니다."

"물론입니다."

묘하게 수상쩍은 점만 빼면 만점의 결과였다.

왜 이렇게나 수상쩍은 모습을 연출하는지, 그쪽을 알 수가 없
었다.

"자…… 그럼 디퍼라고 했나, 너희가 뺏은 가축은 어떻게 했지?"

"먹거나 팔거나 했다."

"……그렇군, 이미 남아 있지 않은가."

"그래. 빼앗은 걸 어떻게 하든, 우리 마음이다."

그의 말을 듣고 낙농가들은 속이 뒤집혔다.

"그게 아니잖아! 그건 우리 거였어!"

"어떤 이유로 너희 게 됐냐!"

"이 도둑놈, 뻔뻔하기 짝이 없어!"

"흥, 다시 빼앗을 배짱도 없는 녀석이 잘도 말하는군."

이제는 아무렇게나 되어라, 디퍼는 도리어 정색하고 나섰다.

어떻게 생각해도 살아날 수 없는 상황이기에, 주위를 비웃었다.

"자기 거라고 생각한다면, 왜 우리한테 맞서지 않았지? 이 녀
석들 같은, 전혀 관계없는 자에게 부탁하다니…… 한심하기 짝이
없어."

저도 모르게 기가 죽는, 영민들.

확실히 그들도 그 상황에 생각하는 바는 있었다.

자신들에게 힘이 있다면, 밤마다 베개를 눈물로 적셨다.

"한심하다? 단연코 그런 건 아니다."

하지만 루크바트 자작이 그것을 가로막았다.

"그들은 얼마 되지 않는 수입에서 몇 할을, 나와 나라에 바치고 있지. 그 대가로 우리가 보호를 약속한 거다. 그들이 맞서지 않았던 것도, 우리가 대처해 준다고 믿었으니까. 무력했던 것도 아니고, 포기했던 것도 아니다."

그는 자조하며 말을 매듭지었다.

"한심한 건, 내 쪽이지. 기사단에 의지하면서 구원이 늦어지고 말았다. 그 사실에는 미안하게 생각한다…… 하지만 백성에게 잘못은 없어."

영민 앞에서의 정치가 토크였다.

그러나 거짓은 없었다. 그 말에, 영민들의 마음은 움직이고 있었다.

"흥, 알고 있는 모양이군. 결국 누가 도와주겠지, 그런 자세의 한계야. 자기 몸을, 자기 재산을, 자신의 힘으로 지키지 못하니까…… 이렇게 잃게 되지! 그게 현실이다!"

디퍼는 어디까지고 고함쳤다. 패배한 개의 넋두리가 아니라 패배한 말의 넋두리.

그것을 들은 영민들은 분했다.

이제부터 이 녀석들은 죽을 테지만, 이렇게 뻔뻔하게 죽는다니 참으로 분한 이야기다.

　자신의 악행을 진심으로 후회하고, 울부짖으며 죽었으면 좋겠다.

　"여, 영주님! 저, 저, 전, 분합니다! 석궁, 있었죠? 제가, 저걸로 죽이고 싶습니다!"

　그렇게 말한 것은 피해자 중 하나인 젊은이였다.

　그는 격노하여 떨면서, 자기가 죽이겠다고 청했다.

　그에 호응하는 모양새로 영민들이 크게 외치기 시작했다.

　"그래, 우리가 죽여주마!"

　"이 녀석들 탓에, 우리는 올해 수확이 엉망이 되어버렸으니까!"

　"우리는 결혼 이야기가 허사로 돌아갔어!"

　"때려죽이는 정도로는, 수지가 안 맞는다고!"

　절규하는 영민들의 기세에 루크바트 자작이 주춤거릴 정도였다.

　하지만 그럼에도 디퍼는 비웃었다.

　"전부 남한테 떠넘기고, 이쪽이 저항하지 못하는 상태에서 간신히 복수? 하하하! 정말이지, 근성 없는 놈들! 네놈들 따위 어차피 아무런 가치도 없는 인생을 보내겠지!"

　그 자리의 분위기가 더더욱 달아올랐다.

　이제는 수습할 수 없다고 생각했을 때, 가이카쿠가 입을 열었다.

　"자자, 여러분. 진정하시고."

　이 자리의 누구보다도 이질적인 괴물, 가이카쿠 히쿠메.

　그가 평온한, 그렇기에 무서운 목소리를 던졌다.

그것으로 상황이 수습되었다.

"저도 영주님과 의견을 같이하는 몸…… 깨끗하고 옳게 근면하게 살아가시는 여러분께서, 『더러운 일』을 하시는 건 좋지 않지요."

후드를 뒤집어쓰고 있어도 알 수 있을 만큼, 가이카쿠는 사악한 기운을 풍기고 있었다.

"어떠실까요. 루크바트 자작님. 여긴 저한테 맡겨주시지 않겠습니까? 여러분께서 납득하시도록, 더럽게 정리할 터이니."

"으, 음……."

악마와의 거래, 그런 말이 루크바트 자작의 머릿속을 스쳤다.

그러나 이 상황에는 악마가 필요하다며 생각을 고쳤다.

"그, 그럼 부탁하고 싶군요."

"감사합니다…… 아, 그리고."

"뭐, 뭐죠?"

루크바트 자작은, 그리고 영민들은 무심코 주춤거렸다.

"조금 전에 약속해 주신, 티스트리아 님께 『최고의 대응을 해주었다』라고 보고해 주신다는 이야기를, 변경하시진 않겠지요?"

최고는커녕 최악의 일을 하는 것이다.

넌지시 그렇게 말하는 남자에게, 그 누구도 대답도, 고개를 끄덕이지도 못했다.

그저 침묵하며 그의 움직임을 지켜보고 있었다.

"뭐, 뭐야…… 내게 뭘 할 생각이냐?"

"이 세상에는 처형에 독을 사용하는 문화가 있지."

"……나를 독살할 셈이냐?"

"하지만 그건, 대부분 안락사…… 괴롭지 않게 죽을 수 있는, 다정한 처형 방법이야."

독으로 죽일 생각이냐는 디퍼의 질문에, 가이카쿠는 응하지 않았다.

하지만 그것은 독살조차 미적지근, 더욱 무서운 일을 하겠다는 것이었다.

"그리고 지방에 따라서는, 처형은 공개되어 있지. 가능한 한 끔찍하게 죽이는 모습을 보여주어 권력을 강화하거나 피해자의 마음을 달래는 것. 또한 하루하루 지루하게 살아가는 자들의 오락이 되기도 해."

광대 같은 행동은 아니지만, 이제까지 이상으로 수상쩍다…… 아니, 무섭다.

"그중에…… 『너무나도 불쌍하다』라는 이유로, 사용이 법으로 금지된 『독』이 있지."

그러면서 가이카쿠는 소매 안에서 장갑을 낀 손을 내밀었다.

그는 과장되게 주머니에 손을 집어넣더니, 잎 하나를 꺼냈다.

그것은 넓은 잎으로, 표면에 옅게 털 같은 것이 나 있었다.

"……설마, 은미(銀尾)의 잎인가?!"

"어라, 루크바트 자작님. 알고 계신다니 놀랍군요."

"아, 알고는 있지만…… 알고 있을 뿐이지만……!"

루크바트 백작은 그 잎을 알고 있는 모양이었다.

완전히 새파랗게 질려서는 크게 떨어졌다.

그 모습을 보고 영민들도 떨어졌다.

"이 은미…… 독초의 일종이라서 말이야. 뭐, 죽을 법한 독은 아니지만, 그저 아프지. 터무니없이 아프고, 적절하게 처치하더라도 후유증을 초래하고, 통증이 재발하는 경우도 있어."

가이카쿠는 그것을 디퍼 이외의, 아직 숨이 붙어 있는 켄타우로스에게 댔다.

그러자 그 켄타우로스는 피부가 변색하고, 기절했던 켄타우로스가 절규하기 시작했다.

"끄아아아아아아아아아아아악?!"

"효능은 지금 말한 그대로, 터무니없이 아파. 잎에 닿은 부분은 이 세상의 온갖 고통을 합친 수준의 통증을 느낀다나……."

"아아아아아아아아악!!"

디퍼는 물론이고 영민도, 루크바트 자작도 기겁했다.

그야말로 『너무나도 불쌍하다』.

"뭐, 죽진 않겠지만."

그 절규에 전혀 동요하지 않고 가이카쿠는 계속 설명했다.

그리고 그 잎을 든 채, 디퍼에게 다가갔다.

"자, 잠깐만…… 하지 마!"

"옛날 사람들은 무시무시하게도, 이 잎을 상처에 대고서 자살하기 위한 약을 주고…… 죽음을 선택할 때까지 관찰했다지."

"하지 마, 제발 하지 마!"

"중죄인이나 정치범을 위한 처형 방법이지만, 너무 비인도적이라고…….."

가이카쿠는 여봐란듯이 잎을 과시했다.

그것을 앞에 두고 디퍼는 필사적으로 몸을 비틀었다.

"처형에 사용하는 게 법률로 금지된 거라고요."

"~~~~!"

가이카쿠는 그 잎을.

표면에 독이 있는 잎을…….

디퍼 앞에서, 자기 입으로 집어넣었다.

"허?"

닿은 부위에 격통을 초래하는 맹독의 잎을, 자기 입에 집어넣은 것이었다.

그리고 그대로 우물우물 씹기 시작했다.

물론 전혀 아파 보이지 않았다.

이 모습에는 디퍼만이 아니라 주변에 있는 사람들도 놀랐다.

실제로 약효를 보여주고서, 왜 이런 짓을 하는가. 그리고 어째서 할 수 있는가.

대체 무슨 짓인가 싶었더니…….

"푸후우우우!"

가이카쿠는 참으로 더럽게도, 입 안에서 씹은 그것을 침과 함께 분출하여 디퍼의 얼굴에 퍼붓는 것이었다.

"갸, 갸아아아아아아아아아아아아악!"

디퍼의 절규는 그야말로 지옥의 업화에 불타는 것 같고.

필사적으로 몸을 비틀지만, 목이 찢어질 정도로 소리치지만, 그것이 전혀 멈추지 않았다.

죽음을 선택할 정도의 격통이 그의 얼굴을 덮친 것이었다.

"후우…… 맛없어."

가이카쿠는 아무렇지도 않다는 듯, 품속에서 수통을 꺼내어 내용물을 입에 머금었다.

우물우물 입을 헹구고는 꿀꺽 삼키고 한숨 돌렸다.

"더러운 모습을 보여드려 죄송합니다."

그 행동도 그렇거니와 실제로 침 범벅인 잎을 퍼붓기도 했으니까, 가이카쿠가 그 잎을 실제로 씹어서 뿜어낸 것으로밖에 보이지 않았다.

이 모습에는 영민도 자작도, 영문을 몰라서 눈을 동그랗게 뜨고 있었다.

'어떻게?!'

은미라는, 맹독을 가진 식물.

이 독은 원래 잎을 먹는 벌레나 동물로부터 몸을 지키기 위한 것이다. 움직이지 못하는 식물의 방어책이다.

그러나 은미를 먹는 방향으로 진화한 벌레나 동물도 많다. 그들은 몸 안에 항체를 가지고 있기에 맹독이 전혀 통하지 않는 것이다.

가이카쿠는 위험한 독을 다루기에 해독제나 항체도 개발하고 있었다. 그것은 엘프들에게도 사용하고, 자신에게도 사용하고 있었다.

따라서 가이카쿠는 은미를 입에 넣고 씹어도 전혀 영향을 받지 않는다.

무척 심플하지만, 그렇기에 간파할 수 없는 『트릭』이었다.

"자, 디퍼."

"아아, 아아아아아아!!"

"뭐, 일단 들어. 아직 귀는 들리겠지?"

그것을 제쳐놓고 가이카쿠는 계속 이야기했다.

"죽여주길 원한다면, 저 사람들한테 사과해. 성심성의껏, 진심으로, 내가 잘못했습니다, 사과해."

"!!!!"

디퍼는 눈물을 흘리며 머리를 땅바닥에 처박았다.

"죄송합니다! 제가 잘못했습니다! 죽여주세요! 부탁입니다!"

이 사과에 정말 성의가 담겨 있을지는 의심스럽다.

하지만 자신의 행실을 후회한다는 것만큼은 전력으로 전해졌다.

"어떻게 합니까?"

"……성의는, 전해지지 않았을까요."

루크바트 자작은 어떻게든 대답했다.

확실히 법률로 금지된 것도 납득이 갔다.

"주, 주, 죽여줘어어어어!"

"아, 잠깐만. 다른 사람들한테도 이야기를 들어야지."

독을 당한 또 하나, 또한 말을 잃은 자들에게도 말을 건넸다.

"사과하라고…… 응?"

"죄송합니다아아아아!"

"제가 잘못했어요!"

"죽음으로 사죄할게요!"

"주, 죽여주세요!"

살아남은 자들은 자신의 목숨을 내던지려고 했다.

용맹한 디퍼를 알고 있기에, 그의 추태를 보고 절망한 것이었다.

"……자, 이걸로 여러분도 아셨겠죠? 사람을 상처 입히는 것은 즐거운 일이 아니라 더러운 일입니다. 그러니까 저 같은 녀석한 테 맡겨주시기를."

가이카쿠는 여기서, 죽음을 바라는 목소리를 등 뒤로, 광대의 행동을 했다.

"게히히히히히히!!"

영민들은, 자작은, 자신들의 행운에 감사했다.

이 남자의 적이 아니라서 다행이다, 그가 아군이라서 다행이 라고.

이후, 처형은 신속하게, 인도적으로 진행되었다.

이것으로 가이카쿠는 두 번째 임무를 막힘없이 마무리한 것이 었다.

그리고 루크바트 자작은 이후에 티스트리아에게 보고서를 보 냈다.

그가 『최고의 대응을 해주었다』라고.

15

이리하여 두 번째 임무도 순조롭게 끝이 났다. 『최고의 대응을 해주었다』라고 써줬으니, 당연한 일이었다.

기술 기사단의 단원은 귀로에 올랐지만…… 드워프들과 가이 카쿠만큼은 나인 라이브스를 타고서 먼저 돌아가고 있었다.

다른 이들이 『태워달라』라고 그랬지만, 솔직히 그렇게나 태웠다가는 적재량을 넘기 때문에 단호하게 거부했다.

전투 중에는 가벼웠지만 돌아갈 때는 교환용 부품이라든지 예비용 영양액 따위를 싣고서 돌아가니까 여유가 거의 없다.

"……저기, 반장님. 이번에는 간단히 끝났지만…… 켄타우로스는 초원의 왕이잖아? 어째서 초원에서 참패한 거지?"

현재 가이카쿠는 운전을 벨린다에게 맡기고서 조수석, 이라고 해야 할 포지션에 서 있었다.

그런 그에게 운전 중인 벨린다가 확인했다.

작전대로 풀렸다면 그뿐이라지만, 너무나도 간단히 끝이 나서 실감이 없었다.

"녀석들이 초원 지대에서 무적의 강함을 자랑하는 건, 기동력이 높기 때문이야. 놈들 이상의 기동력과 추적 능력, 덤으로 화살이 안 통하는 장갑까지 있다면, 이기는 게 당연하지."

"……그런가, 듣고 보니 그러네."

켄타우로스는 초원에서 최강, 이라는 편견을 버리면 간단한 이야기였다.

수치 비교나 지형 따위의 상황을 바탕으로 논리적인 사고를 한다면, 이긴 것은 당연했다.

"……저기, 이번에는 나인 라이브스가 때를 맞췄지만, 그게 안 되었다면 어떻게 했을 거야?"

"응? 뭐, 결국 이번이랑 똑같겠지. 각지에 방어를 배치하면서 함정을 설치했을 거야. 이번만큼 잘 풀리지는 않았을 테지만, 그래도 성과는 낼 수 있었을 테지."

"그럼…… 다른 기사단이라면?"

"각 마을에 한 명씩 정기사를 배치하고, 다가오면 바로 죽이지 않을까? 기사가 어느 종족이냐에 따라서 다를 것 같기도 하지만, 정기사라면 그 정도는 혼자서도 가능하겠지."

이번에 가이카쿠는 간단히 문제를 해결했다. 그것은 다른 기사단과 비교해도 뒤처지지 않는 능력이라고 모두가 인정하는 참이었다.

하지만 반대로 말하면, 다른 기사단도 할 수 있다는 이야기였다.

"애당초 생각해 봐, 모두가 동경하는 기사님이라고? 초원에서 켄타우로스 엘리트를 이길 수 있을 리가 없잖아~~! 라면서 우는 소리를 하면 실망이겠지."

"그도 그런가……."

가이카쿠의 대략적인 설명에 드워프는 납득했다.

자기 종족의 엘리트가 기사가 되었다 치고, 그 사람이 저런 도적을 상대로 패배하다니 믿고 싶지 않았다.

"그래서 나인 라이브스 말인데, 불만 사항은 있을까?"

"일단, 이름이 길어. 좀 더 단순하게 해줘."

"어어~~?"

"그리고, 계속 서 있으니까 꽤 힘들어. 타륜 앞에만이라도 앉을 수 있는 의자를 만들어줘."

"그런가…… 그럼 앉은 상태로도 움직일 수 있는 타륜과, 흔들려도 의자에서 떨어지지 않도록 고정용 벨트도……."

이곳에서 두 사람은 지금 타고 있는 차량의 개선점에 관해 이야기를 시작했다.

"그리고 있지, 작은 경사길에서도 심장에 부담이 있다는 게 말이지. 오르막길이 나올 때마다 심장을 전부 움직인다면, 기껏 만든 분할 구조가 의미 없어."

"그건 뭐, 확실히. 하지만 초원 말고는 이게 지나갈 수 있는 길이 없으니까……."

"그렇다고 해도 말이야, 앞으로는 소형화도 할지도 모르잖아? 지금은 정비성을 최우선으로 만들었으니까, 폭이 넓지만, 조만간에 더욱 작게 만들기도 할 테니까……."

"그건 그것대로 다른 신병기를 생각하고 있는데…… 나인 라이브스를 그런 방향으로 개량하는 것도 괜찮을까."

"기어비를 바꾸는 기능을 다는 건 어때?"

"구조가 너무 복잡해지지 않을까?"

"그러면 심장의 계통 단위로 기어비를 바꾼다든지……."

"그러면 풀가동 최고 속력을 낼 수가 없잖아. 로테이션을 돌리는 의미도 퇴색되고……."

"그럼, 그럼…… 아아아아아아!"

논의가 뜨거워지는 가운데, 벨린다가 절규했다.

"즐거워!"

짧은 다리를 바동바동, 흥분을 드러냈다.

"엄청 즐거워! 연구라든지 개발이라든지, 완전 즐거워! 개선점을 찾아서 의견을 내는 거, 완전 즐거워!"

운전을 담당하는 그녀에 이어서 동승하고 있는 다른 드워프도 목소리를 내기 시작했다.

"나도! 조립할 때라든지, 내가 만든 부품이 어디에 붙고 어떤 역할을 하는지 아는 게 즐거워!"

"나는 있지, 나는 있지! 제대로 안 움직일 때, 어디가 부서졌는지 알아내고 그걸 고쳐서 제대로 움직일 때가 즐거워!"

"우리가 만든 차량이 활약하는 게 엄청 쾌감이야! 광산의 기술자라도 된 것 같아서 엄청 행복해!"

다섯 드워프들은 일제히 외치기 시작했다.

아마도 다른 차량에 타고 있는 드워프들도 같은 기분일 것이다.

"오, 너희도 마도의 즐거움을 깨달은 모양이네…… 하지만 마도의 길은 깊고 험하다고. 지금의 너희로서는 의견을 낼 수는 있어도…… 형태로 만드는 것, 구체적으로 어떻게 하면 성공하는지는 알 수가 없겠지.”

“반장님은 할 수 있잖아? 아니라면 이렇게나 바로 성공할 리가 없어!”

“당연하지, 나는 천재 마도사이자 기사단장, 가이카쿠 히쿠메 님이라고? 돌아가면 너희가 낸 의견을 바탕으로 도면을 그려줄게.”

“좋겠다~~! 굉장하네~~! 나도 그거 하고 싶은데~~! 직접 생각해서 만들고 싶은데~~!”

드워프들은 엘프와 같은 경지에 다다르고 있었다.

신뢰할 수 있는 인격이라든지, 이제는 아무래도 상관없었다.

제조의 달인, 가이카쿠 히쿠메를 존경하기에 이른 것이었다.

“가르쳐줘, 반장님!”

“여유가 없으니까 싫어!”

그러나 가이카쿠는 역시나 바쁘고, 여전히 장난을 좋아했다.

“설계 개발은 저거라고? 전 단계의 전 단계로, 『산수』부터 시작해서 『계산』, 『수학』을 할 수 있어야 한다고? 거기까지 가르치는 게 너무 수고스러워.”

“그건 아니지, 반장님!”

“게다가 너희도 돌아가면 부품을 생산하는 일이 있으니까…… 공부할 때가 아니라고?”

“싫어~~! 공부할 거야~~! 직접 생각한 차를 만들고, 그걸 탈

거야~~!"

이 차량에 타고 있는 모든 드워프가 항의하기 시작했다.

그것은 마치 어린아이가 장난감을 조르는 것 같이, 무척 귀여운 모습이었다.

이제까지 경계만 했던 그녀들이 가이카쿠에게 마음을 연 증거였다.

"무척 멋진 꿈이야, 언젠가 이루어진다면 좋겠네."

가이카쿠는 따스한 말을 건넸다.

드워프들을 향한 최고의 미소였다.

제3장 복수를 위한 성공

1

기술 기사단의 거점에는 이미 각 종족용의 주거지가 세워져 있었다.

그에 이어서 건축이 시작된 것은 각 종족용 휴양 시설이었다.

그중 제1호가 바로 엘프 포병대를 위한 휴식 장소, 『향기 풍부한 다실』이라는 이름의 오두막이었다.

그곳의 설계를 담당한 것은 물론 가이카쿠. 실제로 건축한 것은 물론 드워프들이었다.

나인 라이브스 제조를 통해서 그녀들의 사기는 크게 올라갔다. 그렇기에 어떤 일이든 의욕적으로 수행하고 있었다.

그 드워프를 대표해서 벨린다가 엘프들에게 건물 내부의 설명을 시작했다.

"그래서 여기가 너희 엘프 포병대의 휴양 시설, 『향기 풍부한 다실』이야. 외부도 내부도, 너희 취향으로 만들었어."

"오오~~!"

20명의 엘프가 모두 들어갈 수 있는 크기의 『오두막』. 그것은 그야말로 원룸으로, 오두막 자체가 하나의 방으로 되어 있었다.

일반적인 통나무집처럼 목조 주택임을 전면으로 내세우는 외관이었다. 내부에는 한층 더 자연의 정취가 넘치는, 그러나 청결한 공간이 펼쳐져 있었다.

이끼가, 덩굴이 분재처럼 조밀하게 채워져서 내부를 장식했다.

테이블이나 의자 따위도 준비되어 있지만, 테이블이라기보다는 세로로 놓인 통나무이고, 의자라기보다는 가로로 놓은 통나무였다.

"그런데, 진짜 이런 게 너희 취향이야? 시키는 대로 만들었는데…… 솔직히 너희한테 안 맞는 것 같은 느낌이…….."

"그렇지 않아요~~! 아아, 굉장해, 최고!"

장식 등에서는 숲다운 느낌을 연출하기 위해서라고 추측할 수 있었다. 원래 숲이 주거지인 엘프라면 이것이 마음 편할 것이라고 헤아릴 수 있었다.

하지만 의자라고도 할 수 없는 통나무에 앉는 건 부담이 커 보였다.

가령 인간이라면 계속 앉아 있다가는 엉덩이가 아플 듯했다. 하물며 빈약한 엘프라면 그야말로 몸이 상할 것 같은데…….

"응~~…… 딱 맞아, 역시 선생님의 설계예요~~!"

"……엘프의 육체에 맞는 설계라더니, 진짜였나."

마치 고양이가 의자 위에서 쉬듯이, 엘프들은 의자 위에 드러눕기 시작했다.

눕혀놓은 통나무는 나무껍질을 벗기지 않았다. 당연히 굴곡도 있지만, 그것마저도 그녀들에게는 딱 좋은 모양이었다.

"저기, 벨린다~~…… 다른 것도 이것저것 있는 거지~~?"

"응, 뭐. 다실인 만큼, 찻잎이나 다도 용구를 넣는 선반이나, 차를 타는 간단한 부엌은 만들어뒀어. 뭐, 그쪽은 우리한테는 안 물어보는 게 나아. 차에 대해서는 전혀 몰라."

드워프는 술을 좋아하지만 차의 맛을 모른다.

모르니까 묻지 말라, 그것은 나름대로 합리적이었다.

"우리한테 핵심은, 이거야!"

충분히 때를 기다리고, 벨린다가 『목제 기계』를 소개했다.

그것을 설명하는 그녀는 참으로 자신만만했다.

"반장님이 설계하고 우리가 만든 『대형 종이 오르골』이야! 목제 용수철을 감아두면 전자동으로 곡을 연주하는 훌륭한 물건이지! 종이를 바꾸면 곡도 바뀌어! 뭐, 연주한다고 해도 실로폰뿐이지만! 그래도 대단하지, 응?"

"오, 오~~!"

다실 4분의 1 정도를 점거한, 대형 종이 오르골.

그 기능을 듣고 엘프들은 무척 기뻐했다.

"그, 그러니까…… 우리는 휴식 시간마다 여기에 와도 되고, 이 방에서 마음껏 쉴 수 있고, 차를 마실 수 있고, 음악을 들을 수 있는 거야?!"

"굉장해…… 굉장해! 어휘가 사라져 버리겠어!"

"아~~! 최고야!"

엘프들은 우르르 벨린다를 끌어안았다.

동글동글하고, 하지만 키가 작은 그녀에게 팔다리가 긴 엘프들은 감사의 스킨십을 강행했다.

"이, 이봐! 그만해! 우리 드워프는 고블린이랑 다르게, 작게 취급하는 건 정말 싫어한다고! 작은 키를 의식하게 만들지 마!"

벨린타는 성인 여성으로서의 존엄을 지키고자 필사적으로 저항했다.

엘프가 드워프에게 힘으로 이길 리가 없으니, 엘프들은 어쩔수 없이 물러났다.

"미, 미안해요, 벨린다…… 저희, 악의는 없었어요……."

"뭐, 감사하는 건 기쁘지만 말이지…… 품위 있게 부탁한다고, 엘프니까."

여기가 술자리이고 장난이 담긴 스킨십이라면 그야말로 벨린다는 격노하고 있을 것이다.

하지만 종이 오르골도 포함해서 자신들의 작품에 감동, 감사의 스킨십이었다.

솔직히 기쁘기도 했다.

"미안해요…… 하지만 우리, 정말로 기뻐서요……."

"선천적으로 마력이 최저치이고, 고향의 가족한테 도움이 안된다며 박해당하고…… 그러고서는 팔려버리고……."

"그래서…… 선생님이 주워서 기사단의 단원이 되고, 자기 방을 받고, 이런 멋진 휴게실까지 받아서……."

"이런데도 기뻐하지 않는 건 무리야…… 최고로, 기뻐!"

그리고 엘프들의 기쁨은 그저 플러스를 얻었다는 것만이 아니었다.

"고향 녀석들한테, 가족한테 과시하고 싶은 정도야!"

그리고 그것은 마이너스 방향의…… 변변한 추억이 없는 고향에 대한 원한의 반증이기도 했다.

'뭐, 그야 그렇겠네.'

벨린다는 그것을 이해했다.

드워프라는 종족 안에서 허드렛일이라는 역할을 얻었던 벨린다 일행은, 엘프인 소시에 일행 정도로 취급이 나쁘지 않았다.

하지만 그럼에도 상대적으로 낫다는 것뿐, 괴롭지 않은 것은 아니었다.

그렇기에 상상했다. 자신들 이상으로 괴롭힘당하던 엘프들의, 깊은 마음의 상처를.

'혹시…… 그 고향을 구하라는 지시를 받는다면, 이 아이들은 어떻게 할까.'

그리고 『정의의 히어로』인 기사단에 소속되어 있기에 있을 수 있는, 견디기 힘든 임무를.

'반장님은, 어떻게 할까……?'

그리고 천재 마도사는 어떻게 대응할 것인가를.

2

189

기술 기사단만이 아니라 다른 기사단에도 인간 이외의 종족은 다수 소속되어 있다.

그 기사 중에는 인간의 나라에서 태어나고 자란 사람도 있지만, 동맹 관계가 있는 다른 종족의 『나라』에서 찾아온 사람도 있다.

그런 그들은 고향에서도 굴지의 엘리트이고, 그것을 기사단에 바치는 것은 기사단에게 만드는 빚이 되지만…….

그것은 어디까지나 그 엘리트가 제대로 일을 할 경우이다.

혹시 문제 행동을 벌인다면 그 엘리트의 고향은 도리어 진 빚이 늘어나게 된다.

하물며 겉으로 드러낼 수 없을 정도의 범죄를 저지른다면, 기사단에게 정식으로 사죄해야만 하는 것이다.

전날 가이카쿠에게 토벌당한 탈주 기사, 아비오르.

그의 고향은 『디케스의 숲』이라는 엘프의 숲이고, 그곳을 통치하는 것은 그 이름대로 『디케스』라는 수장이었다.

현재 그는 비공식 사죄로서 티스트리아를 내방했다.

"티스트리아 전하…… 우리 숲이 추천한 아비오르가 탈주 기사가 된 것. 깊이 사죄드립니다."

디케스라는 남자는 이미 결혼을 기다리는 딸이 있을 정도의 나이였다.

평소에는 엄한 얼굴을 하고 있지만 지금은 전면적으로 사죄 중이었다.

"동맹을 끊더라도 불평할 수 없는 일입니다."

"그는 제 부하이기도 했습니다. 그가 죄를 저지른 책임은 제게도 있습니다."

그런 그를 상대로 드레스차림의 티스트리아는 무감정한 대응을 하고 있었다.

모습이나 행동거지는 이 자리에 어울리지만, 자세히 관찰하면 그녀에게 조금도 사적인 감정이 없다는 것은 알 수 있었다.

어쩌면 꺼림칙하게 느껴질 수 있지만, 정치의 세계에서는 틀림없는 장점이었다.

"덧붙여서 이번 일은 기사단의 수치로서 비밀리에 처리하였습니다. 아비오르의 사인은 적당히 얼버무렸습니다. 그러니까 기사가 탈주하여 산적으로 전락했다는 사실은 존재하지 않습니다. 그렇기에 디케스의 숲과의 동맹 파기는 오히려 곤란한 일입니다."

"……온정에, 감사드립니다."

"아뇨, 개의치 않으시길. 앞으로도 쌍방의 우정을 지켜나가죠."

비공식 회담은 이렇게 끝이 났다.

디케스의 숲과 기사단, 쌍방의 명예를 위해서 『탈주병은 없다』라는 것으로 사건은 완전히 처리되었다.

디케스는 그것을 곱씹으며 티스트리아에게 확인했다.

"……아비오르는, 우리 숲에서 최고의 실력자였습니다. 그런 그를 무찌른 기사는, 누굽니까?"

"당시에 어느 귀족의 사병대였던 자입니다. 현재는 제가 등용하여 기술 기사단이라는 이름을 주었습니다."

"당신이 추천하는 신진기예의 기사단. 이력이 불명인 것도 유명합니다만…… 그랬습니까, 그런 일이었습니까."

아비오르를 무찌른 자들이 그대로 기사단이 되었다.

그렇군, 그것도 포함해서 『처리』는 끝이 났는가.

디케스는 납득하고 깊이 인사했다.

"오늘 이렇게 만나주셔서, 설명을 해주셔서 감사합니다. 앞으로 이런 일이 벌어지지 않도록, 교육이나 인사에는 한층 주의를 기울이겠습니다."

"저희야말로 사죄해야 하는데 도리어 부르게 되어, 정말 죄송합니다."

정형문 그대로의 대화를 나누고, 그 밀담은 종료되었다.

디케스는 그녀에게 인사를 한 뒤에 기사단 본부를 떠나고, 자신이 통치하는 숲으로 돌아가는 것이었다.

도중에 그는 근심에 잠겨 있었다.

기사단과의 동맹을 끊는 편이 낫지 않은가, 그런 생각마저 들었던 것이다.

'기사단과의 동맹은 확실히 든든해. 하지만 그 대가로 유능한 인재를 보내야만 하지. 그리고 이번에는…… 그 우수한 인재인 아비오르가 죄를 저질렀다…….'

실력 있는 경호원을 고용했지만, 급료를 줄 여유가 사라진 것과 같은 상황이었다.

게다가 자신에게 잘못이 있으니까, 자신들이 먼저 계약 해지를 말할 수가 없게 되었다.

'이 이상의 인재를 보낸다면 자치에 지장이 생겨. 그렇다고 해서 인재 이상의 물건을 보내게 된다면 숲의 운영에 지장이 생기지. 무엇도 내놓지 않은 상태로는 큰 빚을 지게 된다. 그것은 자식 대에까지 폐를 끼칠 수도 있어.'

하지만 현실적인 문제로 계약을 해지할 수밖에 없는 상황이 되고 있었다.

유사시에 기사단을 의지할 수 없는 것은 불안하지만, 없는 것은 어찌할 방도가 없다. 디케스는 머지않은 미래에 기사단과의 동맹을 끝내야 한다고 생각했다.

하지만 그런 『여유』는, 자신의 숲으로 돌아가자 무산되었다. 자신의 숲 입구로 들어선 그는 한순간 자신이 무슨 생각을 하고 있었는지조차 잊었다.

"뭐냐…… 화재? 아니, 마치 습격을 당한 것 같은데……!"

디케스의 숲이란 인간식으로 말하면 삼림 지대에 건설된 마을이다.

그 마을의 입구에는 관문 같은 것이 존재하여 들어가려는 자를 검문한다.

그것이 부서져 있었다.

그야말로 조금 전에 막 부서진 것 같고, 그 안에서 피 냄새도 퍼지고 있었다.

"디, 디케스 님! 돌아오셨습니까!"

입구에서 넋이 나간 그의 곁으로, 숲의 방어를 맡은 엘리트 남성 엘프가 달려왔다.

그는 이미 땀투성이로, 엘프의 기준으로 따지자면 과로사 직전이었다.

그는 그럼에도 디케스에게 보고했다.

"열 명 정도의 리저드맨이 이 숲에 습격을 가했습니다! 질은 낮지만 엘리트의 무리인지, 이미 큰 피해가 발생하고 있습니다!"

"뭐, 뭐라고?!"

"절반은 물리쳤습니다만, 남은 절반이…… 절반이."

"무슨 일이냐! 절반이, 어쨌다는 거냐!"

"……디케스 님의 집을 점거하고, 안에 있던 시녀나 따님을 인질로 삼아서 틀어박혀 있습니다……."

무척 높은 마력을 가진 대신에 육체가 빈약한 종족, 엘프.

이 종족은 장점과 단점이 무척 알기 쉬운데, 천적으로 여겨지는 것이 『리저드맨』이었다.

악어 인간, 도마뱀 인간, 그런 식으로라도 표현해야 하는 모습의, 이족보행 파충류.

이 생물은 오거나 수인, 드워프와 마찬가지로 육체적으로 뛰어난데…….

특히 현저한 것이 비늘의 강도이다. 무척 질기고 경도도 높다. 쉽게 말하면 방어력이 높은 것이다.

심지어 그 위에 갑옷을 입을 수 있으니, 모든 종족 중에서도 굴지의 터프함을 자랑한다.

무슨 말이냐면, 엘프의 마력 공격에도 어느 정도는 견딜 수 있으니까, 그동안에 상대를 때려죽이는 전법을 쓸 수 있다는 거다.

이것은 어디까지나 속설이지만, 실제로 상성이 나빴다는 이야기도 자주 들었다.

그리고…… 어느 리저드맨 젊은 남자들이, 이 이야기를 듣고서 실행에 나선 것이었다.

자신들이 팀을 만들어서 엘프의 숲을 습격해 보자는 것이었다.

소문이 사실이라면 자신들은 마음대로 날뛸 수 있다. 그런, 굉장히 얕은 생각의 폭거였다.

그저 얄팍한 습격은, 처음에는 나름대로 성공했다.

열 명 정도의 젊은 리저드맨들은 자부심을 가질 수 있을 정도로는 뛰어난 자질을 지녀서, 그 결과로 평범한 엘프의 마법도 어느 정도는 튕겨냈다.

그들은 그것에 기분이 좋아져서 크게 날뛰었다.

그러나 본격적인 수비대가 나타나자 상황은 돌변했다.

그저 자리만 지킬 뿐인 말단과는 격이 다른, 평범한 엘프의 스무 배에서 서른 배의 마력을 가진 엘리트 엘프 정예 부대.

그런 자들이 전력으로 죽이려고 든다면 작은 상성 차이 따위는 문제가 되지 않는다. 리저드맨들은 순식간에 토벌당했다.

그렇다고 할까, 그렇게 간단히 엘프의 거점이 함락당한다면 진즉에 엘프는 멸종했다.

따라서 이번 소동도 바보가 날뛰었지만 섬멸당했다, 그렇게 끝날 터였다.

하지만 여기서 불행이었던 것이, 리저드맨이 어느 정도 흩어져 있었다는 점이었다.

처음 날뛰기 시작했을 때의 그들은 기분이 너무 좋아서 뿔뿔이 흩어져버린 것이었다.

이것은 쉽게 각개격파를 당하겠지만, 반대로 일망타진하기는 어렵다는 의미이기도 했다.

절반이 토벌당한 시점에서 남은 리저드맨들은 『어라, 이거 위험한 거 아냐?』라며 깨닫는 바람에, 날뛰는 것을 그만두고 마을로 숨어들어 버렸다.

그럼에도 발견하는 족족 섬멸할 수 있을 터였다. 그럴 터였는데, 리저드맨들은 어중간하게 나쁜 지혜를 발휘했다.

절반으로 줄어든 그들은 엘프의 숲에서 가장 큰 건물인 『수장의 저택』에 습격을 시도하여 그곳을 점거. 게다가 족장의 딸과 시녀들을 인질로 삼아서 틀어박힌 것이었다.

3

디케스의 숲을 통치하는 수장이 사는 집, 『수장의 저택』.

그곳을 점거하고 있는 리저드맨 다섯은, 상처투성이 몸에 붕대를 감으며 큰 소리로 싸우고 있었다.

"어떻게 할 거야! 저택 밖에는 살기등등한 엘프가 무더기로 있다고?!"

"이 저택으로 오는 건 잘못이었어…… 역시 밖으로 도망쳐야 했어!"

"바보 같은 소리 마! 밖은 포위당했다고? 혹시 도망치려고 했다면, 우리는 죽었어!"

"일단 여기 있으면 녀석들도 섣부른 짓은 못 해…… 엘프용이기는 하지만 식량도 비축되어 있지. 식량을 차단당할 걱정은 없을 거야."

"그래서, 그다음에는 어떻게 할 거야! 결국 도망칠 수가 없잖아!"

원래부터 가벼운 기분으로 쳐들어온 바보들이었다.

궁지에 몰리니 결속이고 뭐고 없었다.

누가 잘못했다, 상대가 잘못했다, 나는 잘못이 없다며 다툴 뿐.

"이제 이렇게 된 이상은 어쩔 수 없잖아. 허둥대봐야 시작될 것도 없어."

그것을 매듭지은 것은 남은 리저드맨들 중에서 가장 강한 『갸우사루』였다.

"일단 싸움은 그만둬. 부상이 나을 때까지는 버텨야 하잖아."

"뭐…… 그건 그렇지만……."

갸우사루의 말은 나름대로 옳았다.

갸우사루 자신도 포함해서 모두가 피투성이. 이래서는 할 수 있는 일이 아무것도 없다.

"부상이 나으면 이 녀석들을 인질로 삼은 채로 탈출하지 않겠어? 뭐, 우리 몸에 묶고서 달리면 녀석들도 손을 쓰진 못해."

"……그러네, 어떻게든 되겠어."

"그때까지 죽지 않도록 잘 돌봐줘야지."

"엘프는 간단히 죽으니까 말이지, 그것만큼은 소문 그대로였다고……!"

현재 그들은 피투성이이지만 그중 절반은 상대의 피였다.

그들은 결코 불쌍한 약자가 아니라 몰려 있을 뿐인 살인귀였다.

그 살인귀와 같은 방에 있는 것이 불쌍한 엘프 처녀들.

그중에서도 특별히 아름다운 것이 수장의 딸 『아스피』였다.

엘프 중에서도 특별한 계급만이 입을 수 있는 은과 같은 천 옷을 입은 그녀를, 몇 명의 시녀들이 감싸듯이 끌어안고 있었다.

하지만 그 시녀들도 그저 떨기만 하고, 또한 막상 이 리저드맨들이 날뛰기 시작한다면 아무것도 못 하고서 살해당할 것이다.

다섯 인질들은 모두가 입에 재갈이 물려 있었다.

말을 못 할 정도로 두껍지는 않지만, 마법 영창을 막기에는 충분했다.

마법을 봉인당한 엘프는 그야말로 갓난아기나 마찬가지였다.

"아, 아스피 아가씨…… 안심하세요, 무슨 일이 있어도 저희가 지켜드릴게요……!"

"아, 아아……."

"반드시 아버님께서, 구하러 오세요. 그때까지 믿고, 기다려 주세요……!"

그녀들은 그저 서로를 격려하는 것밖에 못 하고, 떨고 있었다.

겁먹은 그 모습을 보고 리저드맨은 득의양양하게 웃을 뿐이었다.

4

그런 저택 안의 처참한 상황을, 바깥의 사람들도 상상하고 있었다.

상상하던 그대로라고 확인할 방법은 없이, 그저 초조함에 시달릴 뿐이었다.

그중에서도 떨고 있는 것인 엘프의 수장, 디케스였다.

밀담을 마치고 숲으로 돌아왔더니 도마뱀에게 습격당하여 이미 피해는 막대. 게다가 자신의 저택이 점거당하고 딸은 인질로 잡혀 있었다.

야만스럽고 생각 없고 멍청이에 학살자인 리저드맨과, 한 지붕 아래에 있다.

그 현실에 그는 당장에라도 대마법을 발사하려고 했다. 그의 입에서는 그를 위한 영창이 이따금 새어 나왔다.

하지만 그의 이성이 자꾸 그를 말렸다.

"……기사단에, 출동 요청을 보내라."

"……수장님, 그건."

디케스의 지시를 받은 측근은 따르기를 망설였다.

안 그래도 아비오르 건으로 이 숲의 입장은 나빠졌다.

그런 상황에서 다시 의뢰한다면 더더욱 빚이 늘어나게 된다.

그것을 걱정하는 측근에게 디케스는 호통을 쳤다.

"우리한테 문제 해결 능력이 없다고 자백하는 꼴이라는 말이 하고 싶겠지! 기사단에 또 큰 빚을 지는 일일이라고 말하고 싶은 거 아닌가! 하지만 지금은 그런 소리를 할 때가 아니잖나!!"

그리고 화내는 그를 누가 나무랄 수 있을까.

부재중인 수장을 대신하던 이들은, 강하게 말리는 것은 불가능했다.

"내 저택이 점거당했다고! 내 딸이 붙잡혀 있단 말이다! 대체 나 혼자서 뭘 어찌하란 말이냐!"

"수장님…… 죄송합니다, 이건 저희의 실책입니다…… 정예 부대를 입구에 상주시켰다면 일이 이렇게까지는……!"

"그걸 지시하지 않았던 건 나도 마찬가지다! 그보다도…… 구원이다!"

이제는 수치고 평판이고 따질 때가 아니었다.

수장 디케스는 큰소리로 구원을 청하도록 지시했다.

"내가 개인적으로 진 빚으로 하면 된다, 어서 기사단을 불러라!"

5

그리고 기사단 본부.

티스트리아치고는 드물게도 무척 긴박한 분위기로 가이카쿠를 불렀다.

긴박함을 느낀 가이카쿠도 눈치껏 평소와 달리 성실하게 임하고 있었다.

"티스트리아 님, 무슨 용건이십니까?"

"디케스라는 수장이 통치하는 엘프의 숲을 리저드맨이 습격했습니다. 엘프 정예 부대가 이들을 요격했지만, 절반이 생존하여 디케스의 저택을 습격. 그대로 딸과 시녀를 붙잡아 점거했다고 합니다."

짧은 설명을 들은 가이카쿠는 잠시 입을 다물었다.

그리고 분명하게 말했다.

"제게는 버겁습니다."

일체 장난기 없이, 무리라고 단언했다.

"무척 말씀드리기 어렵습니다만, 저희로서는 인질의 무사를 보증할 수 없습니다. 죄송하지만 다른 기사단을 보내심이 좋을 듯합니다."

"다른 기사단들은 이미 다른 임무를 수행 중입니다. 저도 곧 전장의 구원 요청으로 나갈 예정이고요."

"……"

기사 총장 티스트리아에게도 측근 정기사가 있고 종기사도 갖추어져 있다.

여차할 때는 이들을 이끌고 최후의 기사단으로 움직이는 것이 역할인데, 그 최후조차 이미 선약이 있는 모양이었다.

"하오나…… 제가 가는 걸 상대가 과연 납득하겠습니까? 신참이자 출신이 불명인 저희가 가면, 불필요한 충돌을 야기할 수도 있습니다."

가이카쿠치고는 드물게도 변명이 많았다.

아니, 그만큼 이번 임무가 그에게 어렵다는 이야기일 것이다.

"그런 걱정을 할 필요는 없습니다. 그 숲은 아비오르의 출신지…… 그를 물리친 당신들을 가벼이 볼 일은 없습니다."

"……알겠습니다, 최선을 다하겠습니다."

가이카쿠는 그렇게 대답했다. 이제는 받아들일 수밖에 없다고 이해한 것이었다.

그렇다면 최선을 다할 뿐이다.

가이카쿠는 최대의 난제에 맞부딪치려 하고 있었다.

6

기사단 본부를 나온 가이카쿠는, 일찍이 티스트리아와 처음 만났을 때와 같은 수준으로 긴박하게 기사단을 소집했다.

그런 그의 긴박한 분위기를 느끼고 고블린 이외의 멤버들은 긴장한 표정을 지었다.

"디케스의 숲에서 리저드맨의 습격 사건이 발생했다! 현재 디케스의 딸을 인질로 잡고서 농성 중이고, 그들을 구원하는 것이 우리의 이번 임무다!"

엘프가 리저드맨에게 잡혀 있으니까 구조하겠다.

너무나도 간단한 문장에서, 임무의 난이도가 모두에게 전해 졌다.

"……역시 기사단, 터무니없는 명령이 왔군."

보병대장 아말티아가 그렇게 중얼거렸다.

인질로 농성하는 상황에서 인질을 구조한다는 건 말처럼 쉬운 게 아니다.

심지어 엘프는 외상에 약해서, 평범한 인간들의 입장에서는『이런 걸로 죽어?』라며 놀랄 정도로 간단히 죽는다.

그것을 돕는다는 것은 섬세한 유리 세공품을 적에게서 빼앗아 오라는 명령보다도 무모했다.

하지만 그만큼 어려운 용건이 아니라면 엘프의 숲에서 요청이 올 리도 없다.

"그래. 실제로도 어려운 임무일 거야. 나도 되도록 티스트리아 님께 이번 건을 물리려고 했을 정도니까."

이제까지 어떤 일이라도 자신 있게 받아들였던 가이카쿠로서도 성공을 보증할 수 없는 임무였다.

그 사실을 알고 모두가 더더욱 몸을 떨었다.

그렇다, 그것이 기사단이 된다는 것이다.

"이번에는 오거와 고블린, 인간이 남고 나머지는 전원 데려간다. 다만 이번에는 서둘러야 해. 드워프와 엘프는 나와 함께 나인 라이브스를 타고 선행한다. 다크 엘프, 수인은 말을 갈아타면서 따라오도록 해."

오거와 그들의 장비인 프레시 골렘은 운반이나 이동에 시간이 든다. 인간의 많은 숫자는, 이번 임무에서는 살릴 수 없다.

그래서 두고 가지만, 다른 멤버들은 가능한 한 데려간다.

가이카쿠의 판단에 아무도 불평하지 않고…….

"저, 저기……."

그러는가 싶었더니, 엘프 소시에가 손을 들었다.

무척 거북한 분위기로, 하지만 또렷하게 의사를 표명하기 시작했다.

"저…… 디케스의 숲 출신이라…… 저를 판 가족은 지금도 거기서 살고 있어서…… 그다지 좋은 추억이 없어서…… 솔직히 말씀드려서…… 구하고 싶지 않아요."

구원 요청을 단원 개인의 감정으로 거절한다.

그것은 기사단 이전의 문제로, 도저히 허락할 수 없는 일이었다.

하지만 그런 것은 소시에도 알고 있었다. 그럼에도 가고 싶지 않다, 구하고 싶지 않다며 그녀는 말했다.

다른 엘프들을 봐도 소시에의 의견에 동감하는 듯했다.

"꼬, 꼭 가야 한다면 저, 저희를 데려가지 않으셨으면 해요."

이번 임무에 참가하고 싶지 않다.

소시에와 엘프들, 그들의 총의라고 해도 과언이 아닌 듯했다.

다른 종족들도 그녀들에게 동정적으로 보였다.

"……."

가이카쿠는 그것을 듣고 잠시 침묵했다.

침묵하고서, 돌아봤다.

"솔직히 말할게."

가이카쿠는 험악한 눈빛으로 엘프들을 봤다.

"이번 임무는, 무척 어려워. 너희의 마음을 배려할 여유는 없어."

가이카쿠는 장난기를 빼고, 진지하게 상황의 심각성을 이야기했다.

그것은 그녀들의 바람을 기각하는 것만이 아니고, 반론을 들을 생각도 없다는 표현이었다.

그것을 헤아렸기에 엘프들은 입을 다물었다.

"그러니까 굳이…… 꾸미는 말은 빼고서 이야기해 줄게."

입을 다문 엘프들에게 가이카쿠는 분명하게 말했다.

"개인적인 감정은 도와준 다음에 풀어!"

직업의식이 높은지 낮은지 알 수 없는 말이었다.

"기사단으로서의 첫 임무에서 나는 두 백작에게 뇌물을 바쳐서 사건을 끝냈지. 솔직히 말해서 나도 그런 녀석들한테 호의적으로 굴고 싶지 않았어. 하지만 임무는 임무야, 해야만 하지. 그러니까 완벽하게 끝낼 수 있었어."

기억에도 새로운, 기사단의 첫 임무. 그것에는 소시에도 동행하여, 가이카쿠가 두 백작과 무슨 이야기를 했는지도 파악하고 있었다.

"하지만 그 후로도 전혀 반성하지 않으니까, 나도 불평을 토했지. 바보 두 사람은 반론도 못 했고. 왠지 알아? 그건 임무를 마친 다음이었으니까!"

가이카쿠는 이번 인질 탈환이 복수 계획의 첫걸음이라고 선언했다.

"우선 이번 임무를 성공시켜. 그것이 끝난 다음이라면, 너희의 복수든 뭐든 어울려 줄게."

"선생님께서, 말인가요?"

"그래, 내가 협력할게. 약속해."

가이카쿠가 이렇게 약속하니 굉장한 신뢰감이 샘솟았다.

"대답!"

"……예, 선생님! 구해줘서 은혜를 만들어 두고, 그다음에 복수할게요!"

"그 기개야…… 전원, 기합을 넣어라!"

그 기개는 제쳐놓고…….

가이카쿠 히쿠메가 이끄는 기술 기사단, 창설 이래 가장 어려운 임무가 시작되려 하고 있었다.

7

가이카쿠와 드워프, 엘프로 구성된 기술 기사단의 선행 부대는, 출발하고 이틀 뒤의 오후에는 디케스가 통치하는 숲에 도착했다.

평소라면 가이카쿠는 의기양양하게 의뢰인 곁으로 향하겠지만, 지금은 아직 나인 라이브스 안에서 생각에 잠겨 있었다.

"……반장님, 도착했다고."

"그래, 알고 있어."

가이카쿠가 타고 있는 차를 운전하던 벨린다는 그에게 도착했다고 이야기했다. 물론 가이카쿠도 알고 있지만 그럼에도 그는 아직 움직이지 않았다.

"역시 반장님이라도…… 기술 기사단이라도 엘프 인질을 구하는 건 어려운 일인가."

"아무런 속임수도 없는 저택에서 엘프를 탈출시킨다…… 뭐, 무리지."

가이카쿠의 표정은 진지 그 자체였다.

한계 아슬아슬할 때까지 작전을 생각하고 싶다, 그런 표정이었다.

"여기까지 와도 아직 아무런 아이디어도 안 떠올랐어?"

"아니…… 딱 하나 떠올랐어."

일을 맡았을 때부터 이곳으로 올 때까지, 가이카쿠는 숙고에 몰두하고 있었다.

그 보람도 있어서 딱 하나, 작전을 떠올렸다.

"역시 대단하네…… 하지만 표정을 보기에는…… 위험한 작전인가 봐."

"그래, 솔직히 운에 맡기는 요소가 많아."

그 작전이 탄탄하다면 가이카쿠도 이렇게까지 『다른 작전』을 생각하지는 않았을 것이다.

지금 그의 머릿속에 있는 유일한 작전은 무척 위험 요소가 많았다.

"너희에게도, 위험이 미쳐."

"……놀랐네, 너 그렇게나 우릴 좋아했나."

"너희 드워프는 아직 없었지만, ……나는 기사단을 발족할 때, 자기 부하한테 『내 명령에 따르면 죽지 않는다』라고 했어. 그에 반하는 일은 하고 싶지 않아."

기사단에 소속되어, 기사단의 임무를 수행한다. 그러고서, 죽지 않는다.

가이카쿠는 그런 허세를 부렸지만, 그는 그것을 진심으로 지키려 하고 있었다.

그곳에는 그의 성실함이 있었다. 벨린다는 그런 진지함에 호감을 품으면서도 그의 등을 밀어주었다.

"우리 기술 기사단은, 네가 작전을 세우지 않는다면 아무것도 못 해. 하지만 네 작전에는 모두 따르지. 위험이 있다면, 절대로 죽지 않을 리는 없겠지. 그렇다면 아무도 저주하지 않아."

"……그러네, 여기서 생각만 해봐야 시작되지 않나."

가이카쿠는 각오를 다지고 차량 밖으로 나갔다.

이미 농성 사건이 시작된 뒤로 닷새나 지났다. 가급적 신속하게 사태 해결을 꾀해야만 했다.

그는 엘프와 드워프를 데리고 숲속으로 들어갔다. 그곳으로 이 숲의 엘프들이 다가왔다.

모두가 삼엄한 분위기라서 경계태세임을 드러내고 있었다.

"귀공들이 구원을 온 기사단인가…… 그 문장, 기술 기사단…… 아비오르를 무찌른 자들인가."

"……."

"아닌가?"

"아뇨, 그렇습니다."

살짝 발랄한 디자인의 부대 깃발은 제대로 나인 라이브스의 몸체에도 그려져 있었다.

하지만 그것으로 식별이 되자 조금 센티멘털한 기분이 드는 가이카쿠였다.

그러나 그런 생각을 할 여유는 없었다. 가이카쿠는 얼른 마음을 다잡았다.

"수장 디케스 경과, 빨리 만나고 싶다."

"예! 디케스 님께서도 당신들을 기다리고 계시니…… 자!"

가이카쿠 일행은 기사단이기도 해서 바로 숲속으로 안내받았다.

평소라면 다른 종족의 침입에는 나름대로 신분 증명 같은 수고가 들겠지만, 지금은 빙 돌아서 그럴 겨를이 아니었다.

흉포한 리저드맨이 날뛰느라 숲속에 있는 건물은 애처로울 정도로 너덜너덜했다.

복구 작업도 시작되었지만, 아직 사건이 해결되지 않기도 해서 분위기는 무척 어두웠다.

이윽고 가이카쿠 일행은 커다란 건물, 엘프 방어대 본부에 도착했다.

아무리 그래도 전원이 들어갈 의미도 없으니까, 가이카쿠만 안으로 들어갔다.

그곳에는 핏발이 선 눈으로, 허리에 가느다란 검을 찬 엘프 남성이 있었다.

엘프는 힘이 없는 종족이기에, 날이 가늘기는 해도 철검을 쓸 수 있다는 것은 그만큼 단련을 쌓았다는 의미.

실력은 충분히 헤아릴 수 있었다.

"이 숲을 통치하는 수장 디케스다. 구원에 감사의 마음을 금할 수가 없군. 설마 이렇게나 빨리 와주다니……."

"처음 뵙겠습니다, 디케스 경. 기술 기사단 단장, 가이카쿠 히쿠메입니다. 본래라면 전해지는 예법에 따라 인사를 드려야 하겠지만…… 지금은 사건 해결을 최우선으로 해야 하지 않겠습니까."

"틀림없다……!"

디케스는 핏발선 눈에 더욱 불타오르고, 가늘고 긴 손가락을 떨었다.

"빨리 와주었다, 라는 건 거짓이 아니야. 하지만 최근 며칠…… 1초가 1년으로 여겨질 정도였다……!"

"따님께서 위기 상황이시니, 당연하겠지요."

"저주스러운 것은, 어떻게든 할 수 있었다고 생각하니까! 내가 좀 더 제대로 했다면, 애당초 녀석들 따위가 숲을 어지럽힐 일은 없었으니……!"

"디케스 경."

가이카쿠는 후드를 벗었다.

그곳에 있는 것은 인간의 얼굴이었다.

무척 냉정하고, 기품이 있고, 지성이 넘치는 얼굴이었다. 그의 눈이 그저 똑바로 바라봤다.

그런 그를 앞에 두고 있으니 흐트러진 자신이 부끄럽다는 기분이 솟구쳤다.

"저주하는 건 나중에 하시죠. 책임이나 진퇴를 백성에게 묻는 것은, 아직 이를 터."

"……그렇군, 미안하네."

그가 처분해진 모습을 본 뒤, 가이카쿠는 후드를 다시 썼다.

"괜찮으시다면 저택의 지도와 알고 있는 사실을 가르쳐 주셨으면 합니다."

"그렇군…… 저택 겨냥도와 지도를 보여주지."

무척 심플한 지도가 회의실 책상에 펼쳐졌다.

그것은 저택의 주변 지도와 저택 내부의 간단한 도면이었다.

"단적으로 말하면, 내 저택은 광장 중심에 있다고 생각해 주게. 주위에는 나무도 집도 없어서 다가가면 바로 알 수 있게 되어 있어."

"엘프의 숲치고는 보기 드문 장소로군요."

"바로 그렇기에 특별한 집이었다…… 그것이 저주스러워."

근처에 무언가 차폐물이 있다면, 그런 생각도 없지 않았다.

하지만 그런 『했더라면』에 아무 의미도 없었다.

"저택 말이다만…… 기본적으로 원형이라고 생각하면 되네. 어느 방에도 창문이 있고, 안이 어느 정도 보이게 되어 있지. 하지만…… 중앙의 넓은 다실만큼은 창문이 없어. 그리고 아마도 딸과 시녀는 그곳에 있다."

당연하지만 비밀 통로나 패닉룸 같은, 비상용 탈출 수단 따위는 없다.

그런 것이 있다면 진즉에 사태는 해결되었다. 애당초 기사단을 부를 일도 없다.

그렇기에 일일이 확인할 것도 없었다.

"……적의 숫자와 인질의 숫자는 정확하게 알고 있습니까?"

"둘 다 다섯이다……."

"유일하게 좋은 정보로군요…… 상대로부터 무언가 요구는?"

"다가가려고 하면 위협하는 정도다. 이미 녀석들은 다쳤고, 그것이 나을 때까지 버틸 생각이겠지. 저택 안에는 비축된 식량도 있어…… 리저드맨도 먹을 수 없는 건 아니니까."

"……부상이 나은 뒤, 어떻게 할 거라 생각합니까?"

"딸과 시녀들을 몸에 묶고서 도망칠 생각이겠지…… 그렇게 된다면 더는 어떻게도 구할 수는 없네!"

부들부들 떠는 모습을 보고 가이카쿠는 잠시 침묵했다.

그의 이성이 자력으로 회복될 때를 기다리는 것이었다.

"리저드맨의 생명력은 강해. 지혈하고 영양분을 섭취하고, 시간을 두면 체력과 함께 상처 대부분이 덮인다. 이미 유예는 없다고 생각해도 되겠지."

"혜안이로군요. 저도 그렇게 생각합니다. 아뇨, 녀석들이 달리 취할 수 없는 수단이 없습니다."

그야말로 교착 상태이지만 그렇기에 적의 수단은 한정된다.

그리고 그 유일한 작전은, 이쪽에는 최악의 작전이었다.

"분하게도, 바보도 바보 나름대로 지혜가 돌아가는군!"

"……."

"나는 꿈속에서조차 할 수 있는 일을 생각하고 있었다. 하지만 무엇 하나 떠오르지 않아…… 히쿠메 경!"

이때 디케스는 울 것 같은 표정을 드러냈다.

남자로서 아버지로서, 눈물을 참고 있는 눈이었다.

"아비오르를 물리친 그 실력과…… 어떠한 사태도 마술처럼 해결한다는 실력…… 어떻게든 해줄 수 없겠나?"

디케스는 반드시 성공하는 작전, 딸의 목숨이 보장되는 작전을 원하고 있었다.

가이카쿠도 그에 응하고 싶었다. 가능한 일이라면 확실하게 성공하는 작전을 제안하고 싶었다.

하지만 가이카쿠는 그것을 갖고 있지 않았다. 그가 할 수 있는 일은 불확실한 제안뿐이었다.

"솔직하게 말씀드리겠습니다만, 확실하게 구할 수 있는 책략은 없습니다."

"도박에 나선다고……?"

"예, 우선은 들어주셨으면 하는 것이 있습니다만……."

가이카쿠는 수순을 이야기하기 시작했다.

그것은 무척 조잡하고 엉성하며, 무엇보다도 인질의 목숨을 위험에 처하게 만드는 내용이었다.

도저히 자신감을 가지고서 권유할 일이 아니었다.

"……그걸로 가지."

하지만 디케스는 그 의견을 그대로 받아들였다.

"괜찮겠습니까?"

"상관없다. 어차피 선택의 여지가 없어. 한 줌의 가능성이라도 있는 만큼, 귀공의 책략이 나아. 아니…… 그렇다기보다도, 이렇게까지 불리한 상황에서 인질을 확실하게 탈환할 수 있는 책략 따위는 없어. 말도 안 되겠지."

디케스의 결단은 자포자기와 이성이 뒤섞인 것이었다.

실제로 이 조건으로 『반드시 성공하는 작전』 따위는 없다.

그것을 요구할 만큼 그는 어리석지 않았다.

"그리고…… 설령 이 작전의 결과가 어떻게 될지라도, 귀공에게 책임은 없네."

디케스는 책임 소재를 확실하게 했다.

"그건, 아닙니다."

하지만 그것을 가이카쿠는 부정했다.

"제가 파견된 이상, 그것은 통하지 않습니다. 기사단은 무책임한 집단이라고 말씀하신다면 이야기는 다릅니다만."

"······그렇군, 미안하네. 귀공과 나의 공동 작전이야······ 정정하도록 하지."

디케스는 의지할 상대를, 원군을 원하고 있었다.

그렇다면 책임이 없다고는, 말할 수 있을 리도 없었다.

8

리저드맨들의 요양은, 외부의 사람들이 생각하는 것만큼 순조롭지 않았다.

인질을 잡고 있다고는 해도 적에게 포위당한 것이다. 그렇게 편안히 잠을 자며 쉴 수 있을 리도 없었다.

또한 영양 상태도 충분하다고 말하기는 어려웠다. 여하튼 엘프의 식량에는 기름기가 없는 것이다.

리저드맨들의 입장에서는 다이어트 식품을 대량으로, 억지로 먹고 있는 것이나 마찬가지였다.

그래서는 부상 치료가 제대로 될 리도 없다.

그들은 투덜거리며 불평을 털어놓았다.

"아아, 정말이지······ 저기, 밖에 있는 엘프들한테 『고기 내놔!』

라고 하지 않을래?!"

"내가 엘프라면 거기에 지효성의 마비약을 넣을 거다. 그게 효과를 발휘했을 무렵을 노려서 뭇매를 때리겠지."

"으…… 젠장!"

젊은 리저드맨들은 바보라도 나름대로 학습했다.

구석까지 몰렸기에 신중해졌다.

악행을 저지르기 전에 신중해졌다면 이런 일이 벌어지지는 않았을 텐데.

이들의 어리석음이 양쪽 모두에게 손해를 남겼다.

"……일단 물어보겠는데, 인질은 어떻게 했어?"

"어, 한가운데 커다란 방에 가둬놨어. 재갈을 물렸으니까 다들 얌전히 있을 거야."

"정말이지, 밖에 있는 엘프도 그 정도로 똑똑하면 좋을 텐데 말이야!"

구석에 몰려 있는 것은 그들도 마찬가지였다.

하지만 살아날 희망이 있으리라 믿으며 시간이 지나기를 기다리고 있었다.

그들에게도 이 농성전은 인내를 요구하는 일이었다.

그런 인내심을 깎아내듯이 바깥에서 소리가 들어왔다.

소음 같은 것은 아니고, 악곡이었다. 많은 악기를 사용한 음악이 밖에서 들렸다.

"……뭐, 뭐야?!"

"상황을 보고 와! 저격에 조심하고!"

"알고 있어! 커튼을 살짝 젖히는 것뿐이야!"

상당히 큰 소리였기에 리저드맨들은 허둥댔다.

대체 무슨 일이 벌어지는가 싶어서 바깥의 상황을 살폈다.

그러자 그곳에는 다름 아닌 디케스가 서 있었다.

그의 등 뒤에는 오케스트라 같은 악단이 있고, 전원이 악기를 울리며 곡을 연주하고 있었다.

"들도록 해라, 리저드맨이여! 너희에게 제안을 가져왔다!"

그 음악이 마무리되는 것과 동시에 디케스가 목소리를 내질렀다.

"부디 내 딸만이라도 풀어달라! 대신에 나 자신이랑 내 아내를 인질로 내어놓겠다! 결코 나쁜 이야기는 아니겠지!"

저택에서 무척 떨어져 있지만 그의 목소리는 리저드맨들에게도 들렸다.

그야말로 상당히 큰 목소리를 내고 있을 것이다.

그 말에서는 진지함과 연기가 동시에 느껴졌다.

"어떻게 하지?"

"어떻게 하고 자시고도 없잖아."

"그렇지? 웃기지 마라! 냉큼 가버려라!"

"다음에 또 온다면 네 딸을 죽여버릴 테니까!"

그 제안에 리저드맨은 얼굴도 드러내지 않고 소리쳐서 대응했다.

"으윽······ 철수!"

디케스는 분하다는 듯 악단에 철수 지시를 했다.

엘프들은 신속하게 멀어지고, 이 저택에 적막이 돌아왔다.

리저드맨들은 한숨 돌리고서 어이없어했다.

기분은 모를 것도 아니지만, 받아들일 리가 없는 이야기였다.

"정말이지, 무슨 소동인가 싶었더니······ 바보 같은 소리나 해 대기는."

"어지간히도 딸이 귀여운 거겠지······ 그러지 않고서야 저런 소리를 할 리가 없잖아."

"역시 저 딸이 목숨줄이겠네. 무슨 일이 있어도 놓치지 마······ 죽이지도 말라고?"

"알고 있어!"

리저드맨들은 디케스의 딸, 아스피의 가치를 재확인했다.

역시 그녀가 있는 한, 자신들은 아직 어떻게든 할 수 있다.

안심할 수 있는 거리를 얻었다는 듯, 그들의 표정은 풀어져 있었다.

그리고 그런 리저드맨들과 같은 저택에 있는, 중앙의 방에 갇힌 엘프들.

아스피와 그녀의 시녀들에게는······ 아버지인 디케스의 목소리는 전해지지 않았다. 아무리 그래도 방을 사이에 두고서 그 너머까지 목소리가 들리지는 않았던 것이다.

하지만 중요한 것은 전해졌다. 디케스의 목소리를 들리지 않았지만, 악단의 음악은 들렸다.

그리고 그 음악이야말로 핵심이었다.

"아가씨, 지금『음악』은…… 아시겠죠?"

"그래, 하, 하지만……! 하지만!"

"아가씨, 아버님을 믿어주세요. 그리고 저희도……!"

아스피는 떨고 있었지만, 시녀들은 더 이상 떨지 않았다.

자신들이 무엇을 해야 하는지 모두 이해했기에.

"저희가, 당신을 지키겠어요!"

마법을 쓸 수 없도록 입에 재갈이 물려진 상태에서도, 그녀들은 올바르게 뜻을 전했다.

9

가이카쿠와 선행 부대가 도착하고 다음 날, 수인과 다크 엘프가 도착했다.

무척 서둘러서 도착했기에 지쳐 있지만 휴식을 취할 시간은 없었다.

그녀들은 가이카쿠의 지시에 따라서 황급히 준비했다.

지시에는 평소처럼 기책이 담겨있지만, 이제까지와 달리 긴박했다.

여하튼 개요를 들은 그녀들로서도『그거, 성공할까?』라며 고개를 갸웃거리게 만드는 작전이었다.

그리고 가이카쿠도 반드시 성공한다, 그렇게 말할 수는 없었다.

가이카쿠의 작전은『인간 보병을 주체로 하는 평범한 작전』과 『위법 병기를 주체로 하는 기책』의 2단 구조로 이루어지는 경우가 많다.

적은 이 두 가지의 딜레마에 끼어서 먹잇감이 되지만, 이번에는 그『평범한 작전』이 거의 없었다. 아니, 전혀 없었다.

통한다는 보증이 없는 기책만으로『엘프 귀인을 구조』한다는, 무척 위험한 작전을 성공시킨다니······.

이미 운에 맡기는 것이나 마찬가지. 정확하게는 그 이외의 무엇도 아니었다.

하지만 그럼에도 모두가 기책에 전력을 쏟고 있었다.

디케스도 말했지만, 애당초 이 조건으로 반드시 성공하는 작전 따위는 없다.

기책이든 뭐든, 성공할 가망이 있는 것이라면 해야만 했다.

엘프의 숲에 사는 자들과의 전면 협력 아래······.

그 작전을 결행할 때가 찾아왔다.

10

그날 정오, 무척 맑은 날이었다.

엘프의 숲은 나무가 울창하지만, 그 나무들 사이로 비치는 햇살만으로도 숲이 환한 무척 밝은 날이었다.

실내에 있던 리저드맨들은 커튼으로 그것을 가리고 있기에 알지 못했다.

그저 상처를 치유하고자 맛없는 밥을 입 안으로 밀어 넣고, 초조한 분위기 가운데 서성거리고…….

그리고 무엇보다도 인질을 가둔 방을 몇 번이고 확인했다.

집 중앙에 있는 방에는 출입구가 되는 문이 하나밖에 없었다.

그곳 앞에 무거운 가구를 놓아서 물리적으로 봉쇄했다.

그 문에 있는 작은 창문, 이라고 해도 동그란 구멍이 뚫려 있을 뿐이지만, 그곳에서 내부의 모습을 확인하는 것뿐이었다.

인질은 다섯.

디케스의 딸 아스피와 그녀의 시녀 넷.

그녀들은 창문을 통해 보이는 곳에 뭉쳐서는 꿈쩍도 하지 않았다.

그녀들이, 아니, 아스피만 살아있으면 괜찮다.

리저드맨들은 말이 없는 상태에서도, 하지만 그것만을 믿으며 시간이 지나가기를 기다리고 있었다.

그러던 그때. 밖에서 무언가 큰 소리가 들렸다.

어제와 변함없는…… 것이 아니었다. 명백하게 쇼나 퍼레이드 같은, 떠들썩하게 어린아이가 좋아할 법한 음악이었다.

"뭐야, 또 엘프냐…….”

"이제 시녀 하나 정도는 죽여서 보여줄까…….”

"아니, 잠깐만. 엘프가 아니라고?"

"허어? 그럼 엘프들이 기사단이라도 불렀나?"

리저드맨들은 창밖을 엿보았다.

그러자 그곳에는 악기를 필사적으로 연주하는 인간들과, 그 앞에 후드를 뒤집어쓴 남자가 있었다.

"레이디스, 앤드, 젠틀맨! 이곳 엘프의 숲에 사는 여러분, 그리고 리저드맨 여러분! 처음 뵙겠습니다! 저는 기술 기사단의 단장, 가이카쿠 히쿠메이올시다!"

마술사라기보다도 서커스단의 단장처럼 행동하는 가이카쿠.

그는 기사 총장이 만든 깃발까지 걸고서 전력으로 광대를 연기하고 있었다.

"……기술 기사단?"

"그, 최근에 소문이 돌던, 신예 기사단인가…… 어떤 사건이든 마술처럼 해결한다나……."

"이봐! 지금 당장 저 방을 보고 와! 저게 미끼고, 이미 방으로 들어왔을지도 모른다고!"

"아, 알았어!"

리저드맨에게 리더로 받아들여지는 갸우사루의 지시를 듣고, 리저드맨 하나가 중앙의 방으로 허겁지겁 달려갔다.

방 안을 들여다봤지만 역시나 엘프 여자들이 보이는 곳에 있을 뿐이었다.

바깥의 분위기를 느꼈는지 떨고 있는 것처럼도 보였다. 하지만 다섯 명 전원이 있음을 확실하게 알 수 있었다.

"있어!! 어떻게 하지? 안도 볼까?"

"아니, 그것도 함정일지도 몰라! 문을 열었더니 나온다…… 그럴 수도 있어! 오히려 문 앞에 물건을 더 놔둬! 어쨌든 그 방에서 나오지만 않으면 되니까!"

다른 출입구는 없다, 모두가 그렇게 확신하고 있었다.

그런 것이 있다면 진즉에 전원이 도망치든지 밖에서 구조하러 왔다.

그렇게 되지 않았으니까, 문만 봉쇄하고 있다면 문제없을 터였다.

"그러네…… 좋아, 가구를 더 쌓아둘까! 그러면 숨어들어도 치우는 데 시간이 걸리겠지!"

"그래…… 상대가 마술사라고 해서, 속임수도 없는 곳에서는 아무것도 못 해!"

당황하면서도 냉정하게 대응하려고 하는 리저드맨들.

내부의 상황을 아는지 모르는지, 가이카쿠는 계속해서 말했다.

"오늘은 여러분께 기적의 탈출쇼를 보여드리죠! 무시무시한 리저드맨들에게 사로잡힌, 디케스 님의 따님, 아스피 님…… 그녀를 저 저택에서 한순간에 탈출시킨다…… 그런 마술입니다!"

그야말로 쇼, 행사 같은 행동이었다.

하지만 하려는 일, 선언하는 내용은 지극히 당연했다.

오히려 따로 무엇을 하러 왔는지 알 수 없었다.

"가, 가능할 리가 없어…… 그렇지!"

"그래, 마술 같은 건 결국에 구멍이나 비밀 통로 따위가 있으니까 하는 거야! 이 집에 그런 건 없어!"

"정말로 아무런 속임수도 없이 탈출쇼를 할 수 있겠냐고!"

리저드맨들은 어떤 관객보다도 진지했다.

그런 일이 벌어질 리가 없다고 믿으며, 그러나 그렇게 되면 어쩌느냐고 진심으로 위태롭게 여겼다.

"그래……."

갸우사루도 불안을 억누르듯 안심할 거리를 늘어놓았다.

"어떤 탈출 작전이라도 도망치는 본인들이 그걸 모른다면, 제대로 될 리가 없어."

리저드맨이, 혹은 다른 모두가 마른침을 삼켰다.

아스피 탈출을 건 시간이, 지금 바야흐로 찾아왔다.

"3!"

"2!"

"1!"

너무나도 빤히 알 수 있는, 가이카쿠의 신호. 그에 맞추어 행동을 벌이려는 자들이 있었다.

수장의 저택을 멀찍이서 포위하고 있던 수인들은, 그 저택을 향해 가지고 있던 연기 구슬을 던졌다.

그것은 대부분이 벽에 맞아서 저택의 벽을 연기로 뒤덮는 정도였지만, 그중에는 창문에 닿아서 안으로 들어가는 것도 있었다.

당연히 실내이니까 연기가 가득해졌다.

"으, 으어어어?! 불이야?!"

"인질이 있다고, 그런 짓을 하겠냐!"

"그냥 연기 구슬이야! 독도 들어 있을 리가 없어!"

리저드맨들은 냉정해지려고 했다.

상대는 이쪽을 교란하려고 한다. 그런 생각으로 스스로를 지키려고 했다.

"그래, 저 방 입구를 지키고 있는 한, 별일은 없어! 이 저택의 벽을 부술 수는 있더라도, 방으로는 평범하게 들어가지 않고서는 안의 엘프가 죽어!"

"난폭한 짓을 할 수 있을 리가……!"

리저드맨들은 커튼을 살짝 들추어 밖을 보고 있었다.

물론 저택도 연기에 뒤덮여 있지만 역시나 시간이 지나면 걷힌다.

그 걷힌 연기 안에서 귀인의 옷을 입은 엘프 여자가 나왔다.

아니다, 정확하게 말하면 연기에서 나와 저택에서 멀어지고 있는 엘프의 뒷모습이 보였다.

그야말로 리저드맨들로부터 도망치려 하고 있었다.

엘프이기에 절대 빠르지는 않지만, 그럼에도 열심히 달리고 있었다.

"허, 허어어?! 이봐, 안을 확인해! 안으로 들어가서 제대로 있는지 보고 와!"

"괜찮겠어?!"

"서둘러! 정말로 도망쳤다면 더는 방법이 없어!"

그럴 리가 없다, 그런 일이 있겠느냐.

믿고 싶기에, 리저드맨들은 확인을 하려고 했다.

혹시 정말로 탈출했다면 그야말로 끝이었다.

"……!"

리저드맨들은 허겁지겁 방 밖에 쌓아둔 가구를 치웠다.

물론 조금 전에 자신들이 쌓았을 때와 전혀 달라지지 않았다. 움직인 흔적도, 되돌린 흔적도 없었다.

하지만 그럼에도 전혀 안심할 수 없었다.

왜냐면 방에 있는 엘프들은 일제히 얼굴을 가리고 있었으니까.

"이, 이봐! 얼굴을 보여라!"

리저드맨은 시녀에게 둘러싸여 있던, 귀인의 옷을 입고 있는 여자의 얼굴을 억지로 봤다.

그리고 그 얼굴을 보고서 절망했다.

"아, 아니야! 이 녀석, 수장의 딸이 아니라고!"

"뭐, 뭐라고?!"

"말도 안 돼, 그럴 리가……!"

다른 리저드맨들도 황급히 방으로 들어왔다.

얼굴을 그다지 기억하지 못하는 그들로서도 알 수 있을 만큼, 귀인의 옷을 입고 있는 엘프는 아스피가 아니었다.

그야말로 우선 나이가 달랐다. 명백하게 연령이 위인, 딸이라 기보다도 어머니 같은 나이였다.

"후후후……!"

그 여자는 억지로 귀인의 옷을 입고 있었다. 사이즈가 맞지 않아서 팽팽하게 당겨져 있었다.

"아스피 님이라면 이미 도망쳤어! 그 모습을 봤겠지?"

"웃기지 마라!"

분개한 갸우사루는 도발적으로 웃는 그 여자의 배를 걷어찼다.

"!!"

그 엘프는 기역자로 날아가서 바닥을 굴렀다.

양측의 육체적인 성능에 차이가 있는 만큼 치명상이 될 일격이었다.

"후, 후후…… 얼간이……!"

그럼에도 그녀는 웃고 있었다.

그저 죽음으로 다가가면서도 마지막까지 비웃는 것이었다.

그 모습에 다시 또 때리고 싶어졌지만, 그럴 겨를이 없었다.

"서둘러라! 데려와!"

"알고 있어! 그보다도, 다 같이 가자고!"

"그래! 엘프가 도망친 이상 이미 여긴 안전하지 않아!"

"시녀가 인질이 될 리가 없어! 마법으로 저택까지 통째로 날려 버릴 거라고!"

리저드맨들은 서둘러 방을 나갔다.

아니, 저택을 나갔다.

문을 열지도 않고, 벽이나 창문을 뚫고서『귀인의 옷을 입고 있던 엘프 처녀』를 쫓아갔다.

"으, 으윽……!"

희미해지는 의식 가운데, 『귀인의 옷을 입은 나이 든 엘프』는 웃고 있었다.

그것은 비웃음이 아닌 안도의 웃음이었다.

"이타칼리나! 이타칼리나!"

떨면서 아무것도 하지 못했던, 다른 엘프들이 달려왔다.

하지만 『회복 마법』 따위는 존재하지 않는, 그녀에게 무언가를 할 수 있는 사람은 없었다.

할 수 있는 일이라면 이름을 부르는 것뿐이었다.

"이타칼리나! 아아, 날 대신해서……!"

"말씀드렸죠, 아가씨…… 목숨과 맞바꾸어서라도 지켜드리겠다고……!"

쓰러진 녀석은 시녀 옷을 입은 처녀, 그중 하나를 아가씨라고 불렀다.

바로 그녀야말로 아스피였던 것이다.

"저 리저드맨이 사라졌습니다. 아버님께서, 이제 곧 오실 겁니다…… 잘, 하셨습니다……."

"이타칼리나!"

기적같은 탈출 따위는 없었다. 그저 시녀 중 하나와 옷을 교환했을 뿐이었다.

너무나도 고전적이고 너무나도 진부한 방법. 마술이라고 부를 일조차 아니었다.

하지만 공복이 최고의 조미료가 되듯이, 초조야말로 사기를 성공시키는 최대의 요소였다.

리저드맨들은 이 대역을 간파하지 못했다.

그리하여 이 작전은 성공했지만…… 어떻게 바깥과 연락할 수 없었던 그녀들이 사전에 옷을 갈아입을 수 있었는가.

그것은 어제, 디케스가 이끌던 악단에 비밀이 있었다.

엘프에게 옛날 옛적부터 전해지는 가극, 『마스트 워』.

이 가극의 최종장에서는, 황제가 대역과 옷을 교환하여 도주에 성공하는 것으로 되어 있다.

악단은 그 곡을 연주했다.

그것을 들은 아스피와 시녀는 깨달은 것이었다.

아스피와 시녀가 옷을 교환해라. 그것이 작전이라고.

자세한 내용은 알 수 없었지만 그럼에도 성공에 이르렀다.

대역이 죽는 것도 포함해서, 가극 그대로 되어버렸지만…….

11

그리고 저택에서 도망치는, 귀인의 옷을 입은 엘프 여성은 누구인가.

기술 기사단의 엘프, 그 일원인 소시에였다.

본래 귀인에게만 입는 것이 허락되는, 최고급 옷.

그것을 그녀가 입는 것은 위법이지만, 그런 아무래도 상관없는 일을 신경 쓰는 사람은 하나도 없었다.

'설마 이런 모양새로 입게 되다니……!'

그녀는 큰일이었다.

우선 연기 구슬이 터진 다음에 저택을 향해서 뛰고, 연기 구슬이 걷히기 시작할 때부터 다시 저택에서 뛰어서 도망치려 하는 것이었다.

체력이 빈약한 엘프에게는 터무니없는 고행이었다.

하지만 그럼에도 리저드맨이 접근하는 것을 깨달았을 때는 됐다며 웃고 있었다.

그녀의 다리가 느리기도 해서, 상대는 그녀의 모습을 보고는 방을 확인하고, 그리고 이쪽으로 덮쳐드는 부분까지 자연스럽게 연출할 수 있었던 것이다.

"자, 아가씨! 이쪽으로!"

"아, 예!"

가이카쿠에게 아가씨라고 불린 사실에 간지러운 기분을 느끼며, 숲속까지 들여온 나인 라이브스 안으로 들어갈 수 있었다.

문득 뒤를 봤더니 리저드맨들이 필사적인 형상으로 들이닥치고 있었다.

그로부터 도망치듯 나인 라이브스가 달려 나갔다.

"제, 젠장! 기다려라!"

"저 녀석을 못 잡으면 우리는 끝이야아아!"

리저드맨은 튼튼하지만 다리는 그렇게까지 빠르지 않다.

달려가는 나인 라이브스를 쫓아오기는 하지만, 한순간에 달라붙을 수도 없었다.

"서, 선생님…… 해, 해냈어요!"

"그런 이야기는 나중에 해! 서둘러! 이제 다음 단계라고!"

리저드맨을 아스피에게서 떼어낸 시점에서 구출은 거의 끝났다. 소시에는 무심코 웃고 있었다.

하지만 안심하기에는 이르다, 여기서부터는 리저드맨을 죽이는 작전으로 들어가고 있었다.

"자, 입어!"

"아, 알겠어요……!"

흔들리는 차 안에서 가이카쿠와 소시에는 시 런너를 장착했다.

이것은 평소에 수인들이 입지만, 딱히 엘프나 인간이 못 입는 것은 아니었다.

두 사람의 몸은 그것을 입어서 가벼워졌다.

"반장님! 이제 된 거지?!"

"그래! 차륜을 고정해!"

통상적으로 나인 라이브스는 여럿이서 운전하지만, 지금은 벨린다 혼자만 타고 있었다.

그녀는 차륜을 밧줄로 묶어서 고정하더니 자신도 시 런너를 장착했다.

이것이 무엇을 의미하는지, 알 만한 사람은 알 수 있을 것이다.

"나인 라이브스가 왔어!"

"서둘러! 발연통을 던지는 거야!"

숲속의 길을 달리는 나인 라이브스를 보고, 진행 방향에서 대기하고 있던 다크 엘프들도 움직였다.

그녀들은 받아둔 연기 구슬을 나인 라이브스의 진로로 던졌다.

그것은 필연적으로 나인 라이브스 뒤쪽에서 쫓아오는 리저드맨들을 연기로 뒤덮었다.

"또, 또 연기가!"

"절대로 놓치지 마!"

아무리 연기로 돌입했어도 차량인 나인 라이브스를 놓칠 리가 없었다.

리저드맨들은 어떻게든 그 차량에 따라붙으려고 했다.

그러나 그 연기 안에서 가이카쿠와 엘프, 드워프는 차량에서 뛰어내렸다.

"~~!"

벨린다 혼자서 가이카쿠와 소시에를 끌어안고 차 안에서 숲으로 몸을 던졌다.

아무리 최고 속도는 아니라고 해도, 달리는 차량에서 뛰어내리다니 완전히 교통사고였다.

튼튼한 벨린다는 몰라도 소시에는 치명상을 입을 수도 있는, 위험한 작전이었다.

"기, 기다려~~!"

"이, 이제 따라잡는다고!!"

하지만 최대의 문제였던 리저드맨을 연기로 휘감는 것에는 성공했다.

목소리를 죽이고 있던 가이카쿠는, 리저드맨들이 나인 라이브스를 쫓아가는 모습을 시인하고는 상황을 확인하려고 했다.

"이봐, 괜찮아?"

"선생님……."

이때 소시에는 정신을 차렸다.

최고의 옷을 입고 가이카쿠에게 안겨서 함께 쓰러져 있다.

성실하지 못한 태도이지만, 로맨틱의 극치였다.

"괜찮으냐고 묻잖아?! 목소리도 못 내겠어?!"

"아, 아뇨…… 어떻게든…… 선생님이 안아준 덕분이에요."

"그런가, 그럼 됐어!"

위험에 처한 부하가 부상 없이 그쳤다.

가이카쿠는 이때서야 간신히 한숨 돌렸다.

"반장님…… 정말로 괜찮아?"

한편으로 조금 전까지 나인 라이브스를 운전하던 벨린다는 원망스러워 보였다.

자신들이 애써 만든 작품의, 그 말로를 생각하니 서글픈 모양이었다.

"됐어…… 살아있다면 또 만들 수 있어. 이번에는 더 좋은 걸 만들자."

12

나인 라이브스는 계속 같은 심장만으로 움직이고 있었다.

또한 숲길에는 기복이 있어서 심장에 대미지가 축적되고 있었다.

따라서 딱히 조작할 것까지도 없이, 나인 라이브스의 속도는 점차 떨어졌다.

"저, 저거 봐! 따라잡았다고!"

"말이 끌고 있을 테지만, 지친 모양이야!"

"서둘러, 빨리 확보해!"

다행이라고 해야 할까, 리저드맨들은 어떻게든 나인 라이브스를 따라잡고 후미에 달린 문을 열 수 있었다.

그리고 내부로 들어가서 아스피를 찾으려고 했다.

"이, 이건 뭐야?!"

그리고 그들이 본 것은 나인 라이브스의 기관부였다.

정비성을 최우선으로 생각한 나인 라이브스는, 트럭으로 말하자면 짐칸에 해당되는 부분이 통째로 기관부로 되어 있었다.

그곳에는 투명한 용기에 들어 있는, 맥박 치는 심장 아홉 개가 있었다.

그런 것을 본다면 누구라도 곤혹스러워하는 것은 당연했다.

하지만 그것을 신경 쓸 때가 아니었다. 차 안에는 아스피는커녕 아무도 없었으니까.

"이봐, 아무도 없다고?!"

"또, 또냐!"

"숨어 있다…… 아니, 도중에 내린 거야!"

"젠장, 아까 그 연기겠네…… 내려서 돌아가자고……!"

리저드맨들은 상황을 파악했지만, 그들 전원을 강한 진동이 덮쳤다.

강인할 터인 그들은 차 안의 앞쪽으로 날아갔다.

무참하게 차 안에서 뒤엉킨 그들은 상황을 전혀 파악하지 못했다.

하지만 차량 밖에서 보면 일목요연했다.

차륜이 고정되어 휘청휘청 달릴 뿐이었던 나인 라이브스는, 숲 속의 커다란 나무에 격돌하여 그대로 멈춘 것이었다.

당연하지만 이것도 작전의 범주였다.

"수장님! 시녀 하나가 치명상을 입었습니다만, 아가씨는 무사합니다!"

"리저드맨은 전원 저 수레 안에 있습니다!"

"히쿠메 경도, 미끼가 된 엘프도, 운전하던 드워프도 이탈한 모양!"

"그런가……!"

나인 라이브스가 멈춘 나무 주위에는 이미 디케스의 정예들이 대기하고 있었다.

엘프 중에서도 선별된 맹자들이 완전한 포위망을 구축했다.

물론 그중에는 분노에 몸을 떠는 디케스의 모습도 있었다.

"그럼, 마무리다…… 기술 기사단이 우리에게 준비해 준, 일망타진의 호기…… 절대로 놓치지 마라!"

그들은 분노를 담아서 최대급의 마력 공격을 날렸다.

기사단도 실현할 수 없는, 엘프 수비대이기에 실현하는, 노도와 같은 마법의 비.

"아아아아아아아아!"

켄타우로스의 공격을 튕겨낸 나인 라이브스의 장갑조차 엘프의 마력 공격에는 무의미했다.

조금 강할 뿐인 리저드맨의 비늘도 간단히 박살이 났다.

이 땅에서 설치던 리저드맨은 가이카쿠와 드워프가 만든 나인 라이브스와 함께, 그야말로 산산이 부서진 것이었다.

"다들 사체 확인은 맡기겠다. 나는……."

"예, 수장님은 부디 아스피 님 곁으로……."

학살자의 죽음에 환호성이 터지는 가운데, 디케스는 자기 저택으로 달려갔다.

그의 얼굴에 안도는 한 조각도 없었다.

13

조금 전까지 점거당했던 수장의 저택에는 수많은 엘프가 밀려들고 있었다.

시녀의 가족이나 연인들이 가족의 무사를 기도했다.

또한 디케스의 부하들은 아스피의 안부를 확인하고서 기뻐했다.

"아스피……!"

"아버님!"

수장과 딸의 재회.

그것은 이번 비극에서 구원이 될 한순간이었다.

부녀는 없는 힘으로도 전력으로 끌어안고 무사하다는 사실에 함께 기뻐했다.

하지만 그것만으로 끝나지 않았다.

"아버님…… 이타칼리나가! 저 리저드맨에게…… 제 대역이 되어서!"

"그런가, 이타칼리나가…….."

어쩔 수 없다고는 해도, 잔혹한 결과였다.

이미 대기하고 있던 엘프 의사가 이타칼리나를 진료하고 있지만, 그들은 처치도 못 하고서 절망적인 표정을 짓고 있었다.

아직 숨은 붙어 있지만 이제 곧 죽고 말 것이다.

수장인 디케스로서도 할 수 있는 일은 없어서, 그저 감사를 할 수밖에 없었다.

"이타칼리나…… 미안하네, 자네는 최선을 다해주었어. 자네가 고통 끝에 죽는 건, 내 책임이야."

"아, 아아! 아, 아닙니다!"

"정말로, 정말로…… 스스로가 한심해! 내가 좀 더 제대로 했다면, 자네가 이렇게 될 일은 없었어!"

그는 딸에게서 떨어지더니 이타칼리나 앞에 무릎을 꿇고 참회했다.

대체 그녀에게 무슨 잘못이 있어서, 이런 일이 되었는가.

모든 것이, 자기 잘못이다. 자신에게 위기감이 없었던 탓에, 얼마나 많은 주민이 희생되었는가.

모든 것이 끝난 다음이기에, 그는 자책의 심정에 사로잡혔다.

"실례…… 늦어졌습니다."

수장의 저택, 그 중앙부.

아스피 일행이 며칠 동안 감금되어 있던 방에 가이카쿠가 나타났다.

뛰어왔는지 살짝 숨이 거칠었다.

"디케스 님의 따님, 아스피 님이시죠? 저는 가이카쿠 히쿠메, 기술 기사단의 단장입니다. 이번에는 기사 총장님의 명령에 따라 이 땅으로 파견되었습니다. 이번 작전의 입안자이자…… 책임자 중 하나입니다."

"기사단장님?! 부탁이에요, 이타칼리나를, 절 대신해서 희생한 그녀를 살려주세요!"

여전히 시녀 복장인 그녀는 눈물과 콧물을 흘리며 호소했다.

하지만 그 비통한 외침은, 받아들여질 일은 없음을 깨닫고 있었다.

"부탁드려요!"

"알겠습니다, 최선을 다하겠습니다."

하지만 그렇기에 그의 말을 믿을 수가 없었다.

다름 아닌 엘프들이, 엘프 의사가 이미 무리라며 포기했다.

그런데도 기사단장일 터인 그가, 어떻게 힘차게 말할 수 있는가.

"외람되오나…… 의료 종사자로서의 준법정신과 사명감으로 가득한, 정규 의사분께서는 손을 쓸 수가 없는 모양. 그건 어쩔 수 없습니다만 저 가이카쿠 히쿠메…… 위법 의료에는 정통합니다. 지금 당장 처치를 시작한다면…… 외과 수술을 진행한다면, 어쩌면 가능성도……."

"뭐?! 설마 장기 이식을 할 생각입니까?!"

가이카쿠의 설명을 듣고 엘프 의사가 놀랐다.

"의학사에서도 엘프 외과 수술은 성공 사례가 극도로 적어서…… 그렇기에 정식 의료로서 허가가 내려지지 않았던 거라고요?!"

"그렇습니다. 하지만 달리 방법은 없지 않을까요."

가이카쿠가 후드를 벗어던지고 임전태세로 이행했다.

그에 늦은 모양새로 엘프 포병대가 줄을 지어 방으로 들어왔다.

"선생님! 엘프용 배양 장기, 가져왔어요!"

"만능 혈액도 준비만반이에요!"

"보호 마법진, 소독약, 마취, 가져왔어요!"

"각 계기, 수술 공구, 수술복도 가져왔어요!"

그녀들이 가져온 물건을 보고 엘프 의사들은 몹시 놀랐다.

"……어, 어째서 엘프용 배양 장기가 준비되어 있는 겁니까?

241

배양 장기의 제조도 위법일 텐데…….”

“보시다시피 엘프 부하가 있으니, 대비하여 준비해 뒀습니다. 설마 이런 식으로 사용할 줄은 몰랐습니다만…….”

놀라는 정규 의사를 가이카쿠는 어디까지나 경의를 담아서 대했다.

“정규 종사자로서 답답한 상황이겠죠. 심경은 이해합니다만, 부디 여긴 제게 맡겨주시길.”

“하지만…….”

“이번 작전을 입안한 것은, 접니다. 책임자 중 하나이기도 합니다.”

가이카쿠는 자기 가슴에 손을 댔다.

“부디 제가 책임을 질 수 있도록 해주시기를. 제가 위험에 처하게 만든 그녀를, 제가 구하게 해주시길.”

“……부, 부탁드립니다!”

전문지식이 있는 이들끼리의 대화에 아무도 끼어들지 못했다.

하지만 엘프 의사가 가이카쿠에게 맡긴 참에, 디케스는 딸의 어깨에 손을 얹었다.

그녀를 방에서 데리고 나가며 가이카쿠에게 의뢰했다.

“히쿠메 경…… 부디, 내 부하를 부탁합니다!”

“이타칼리나를, 부디 살려주세요!”

이 숲의 주민들은 대부분 물러나고, 남은 것은 엘프 포병대와 가이카쿠뿐이었다.

"후우…… 엘프 긴급 수술은 오랜만이네……."

"선생님…… 성공할 수 있을까요?"

"엘프의 생명력은 약해서, 작은 수술로도 약해져 버린다고……."

"성공의 보증은 없어, 하지만……."

가이카쿠는 지면에 쓰려진, 숨결도 점차 약해지는 여성을 보고 있었다.

자신이 세운 작전을 받아들이고 스스로 희생된 용감한 엘프.

내버려 두다니, 그럴 수는 없다.

"전력을 다한다! 힘을 빌려줘, 너희들!"

"예!"

14

구출된 아스피가 잠에서 깬 것은 사건이 해결되고 이틀 뒤였다.

정신을 잃을 때까지의 기억을 제대로 가지고 있던 그녀는, 눈을 뜨자마자 이타칼리나를 걱정했다.

자신이 살아난 것 이상으로 그녀가 살아나는 것이 중요했으리라.

그녀는 주위에서 달래는 것도 듣지 않고, 이타칼리나가 자는 방으로 향했다.

같은 병원이기도 해서 바로 그곳에 도착했다.

휘청거리는 그녀는 그럼에도 문을 열고…….

"이타칼리나……!"

마법진이 그려진 시트 위에 누운, 몸에 관이 연결된 그녀를 바라봤다.

아직 의식은 없는지 조용히 눈을 감고 있었다.

하지만 가슴을 보면 어렴풋이 위아래로 움직여서 숨을 쉬고 있는 것은 명백했다.

"아아……."

"어라, 아스피 님. 깨셨습니까."

그것을 확인하고 힘이 빠진 아스피.

그런 그녀에게, 같은 방에 있던 가이카쿠는 말을 건넸다.

"모습을 보아하니 식사가 아직이군요. 이건 좋지 않죠, 또 쓰러지고 말 겁니다."

"당신은…… 분명히, 기술 기사단의……."

"예, 가이카쿠 히쿠메입니다. 용기 있는 이 여성의 치료를 맡았습니다."

"당신이…… 시, 실례했어요."

"마침 잘 됐군요, 함께 수술에 대한 설명을 들으시겠습니까?"

이때 아스피는, 방 안에 자신의 아버지와, 이 병원의 주인이었던 의사가 함께 있다는 사실을 깨달았다.

자신이 많은 사람 앞에서 볼썽사나운 모습을 드러낸 것에 다시금 얼굴이 붉어졌다.

"부, 부디…… 어, 어흠! 부탁드려요, 가이카쿠 히쿠메 경. 이대로는 식사도 못 할 거예요."

"……딸에게도 설명해 주게, 나도 부탁하지."

"그럼……."

허둥지둥 일어서서 숙녀로서 행동하는 딸을 보고 눈물 섞인 쓴웃음을 지으며, 디케스는 설명을 재촉했다.

"이번에 그녀는 리저드맨에게 복부에 타격을 당했습니다. 이것으로 몇몇 내장이 파손되고, 게다가 골격도 분쇄…… 솔직히 말씀드려서, 방치했다면 죽었습니다. 월권임을 알고서 제가 수술하여 어떻게든 생명을 이어 놓았습니다. 지금은 안정되어 있지만 아직 용태가 급변할 가능성도 있으니…… 한동안은 제가 진료할까 합니다."

"그런가요…… 지금은 안정된 거죠? 히쿠메 경이 진료해 주시는 거죠? 그럼 안심할 수 있어요……."

"그래, 정말 고마워. 감사하네."

권력자 두 사람이 안심하는 한편으로, 의사들은 기대감에 들썩거리고 있었다.

구체적으로 어떻게 치료했는지 전문가로서는 신경 쓰일 것이다.

그것을 느꼈는지 가이카쿠는 그에 대해서 설명을 시작했다.

"손상된 장기나 골격의 경우에는 파편을 제거한 뒤에 절제, 배양하고 있던 골격과 교환을 진행했습니다."

"처, 척추도 부러졌을 터인데요……? 대체 어떻게 교환을?"

몸을 앞으로 내밀고서 묻는 그들에게 가이카쿠는 가능한 한 정중하게 설명을 시작했다.

"의료용 마법진, 이라는 것을 아실까요. 그것을 배양한 장기랑 골격에 추가하고서 이식했습니다."

"……그, 그렇군요! 사전에 마법진을 그려뒀다면, 환자의 부담도 가볍게 그치겠군요!"

"장기에 직접 마법진을 그리다니…… 배양 장기이니까 가능한 일, 그런 겁니까!"

"그래도 어려울 터…… 어떤 방법으로……."

전문가들은 알아듣는 모양이지만, 전문 용어가 나오니까 부녀로서는 전혀 이해할 수 없었다.

가이카쿠는 두 사람도 알아들을 수 있도록 이야기를 시작했다.

"의료용 마법진은 인체에 직접 새기는 마법진입니다. 몸에 마법진을 새기는 기술, 이라고 해도 될지도 모르겠군요. 통상적인 마법진은 기하학적이지만, 이것은 조금 회화적이라…… 그녀가 누워 있는 시트 위에 새겨진 것과 같군요."

다시금 이타칼리나가 누워 있는 시트를 보니, 무언가의 심벌마크 같은 『그림』이 마법진으로서 그려져 있었다.

이타칼리나 자신의 마력을 빨아들여서 조용하게 기능을 발휘한다는 것을 엘프들로서는 알 수 있었다.

"마력을 생체에 작용하도록 할 수 있는, 마도의 일종입니다."

"그런 것이 있나요? 들어본 적이 없어요……."

"당연하죠, 이것도 위법 기술. 이런저런 사정으로 봉인된 겁니다."

"위, 위법인가요?!"

"예…… 지나치게 악용되는 경우가 가장 큰 문제지만…… 올바르게 사용해도 단점이 있습니다."

마법이란 영창으로 마법진을 그리고, 그것을 통해 발동하는 것.

마도란 사전에 마법진을 그려두고, 그것에 마력을 통하여 발동하는 것.

그러니까 마법진이란 프로그램 같은 것, 전자회로 같은 것이다.

그것을 몸에 직접 새긴다는 것은, 본인이 의도하지 않고서도 항상 마법을 사용하는 것이나 마찬가지다.

"몸에 마법진을 새긴 상태로 격렬하게 운동하거나, 혹은 마법을 사용하거나 그럴 경우, 죽습니다."

"……."

가이카쿠는 굉장히 단적으로 『죽습니다』라고 말했다.

무척 알기 쉽지만, 이제까지의 설명이 무엇이었는가 싶을 정도로 조잡했다.

"아스피 님…… 히쿠메 경의 말이 맞습니다. 몸에 마법진을 새긴 상태로 마력을 사용하려 한다면, 그 마법진에도 과도하게 마력이 돌아서…… 인체에 의도치 않게 마력이 돌고 마는 겁니다."

엘프 의사들은 보충 설명을 시작했다.

"그것이 얼마나 치명적인지 상상하긴 어렵지 않겠죠."

"하지만 그럼에도 훌륭한 기술임에 틀림없습니다. 당초에는 유망했습니다만, 그게…… 설명을 들은 환자가 그것을 지키지 않고 운동이나 마법을 사용하려다가 죽어버리는 사례가 다발하여…….”

“최종적으로 봉인된 겁니다.”

모든 환자가 의사의 말을 들을 리가 없다.

오히려 환자 대부분은 의사의 말을 듣지 않는다.

또한 애당초 평생 마법을 못 쓴다, 그 단점은 지나치게 강할지도 모른다.

결함이 있다며 봉인되어 버리더라도 이상하지 않았다.

“히쿠메 경…… 당신으로서도 그 결점은 해결할 수 없었습니까.”

“예, 아무리 그래도 이것만큼은.”

의사들은 조금 아쉬워 보였다.

아니, 실제로 엘프에게는 큰일이리라.

마법을 쓸 수 없는 엘프라니 일상생활에 지장을 초래할 것이다.

“그런가…… 하지만 살아있는 것만으로도 고맙네. 이타칼리나에게는 내가 충분히 설명하고, 그녀의 생활을 보장하지!”

“저, 저도…… 그녀가 살아있는 것만으로도……!”

“아직 설명이 끝나지 않았습니다.”

두 사람을 달래며 가이카쿠는 계속 이야기했다.

“마법진이 몸에 새겨진 상태로는 마법을 쓸 수 없습니다. 하지만 제 연구에 따라서, 햇수가 지나면 자동으로 사라지는 마법진을 개발했습니다.”

“그, 그럼, 그녀의 몸에 새긴 그건, 시간이 지나면 사라진다고?”

“아뇨, 사라지지 않습니다. 그녀에게 새긴 것은, 또 별개이니까.”

지레짐작하는 의사들을 가이카쿠는 말렸다.

"어느 정도 용태가 안정되고 그녀에게 이식한 장기나 골격, 피부가 융합된 뒤에, 재차 수술을 진행합니다. 그때 지금 말씀드린 마법진을 새기니까…… 그리고 또 천천히 시간을 들여서 융합을 진행합니다."

"구, 구체적으로는?"

"대략 1년 반, 이겠군요. 그 정도면 마법을 다시 쓸 수 있게 됩니다.

또 수술이 필요, 1년 반은 못 쓴다. 그것은 확실히 혹독한 현실이다.

하지만 평생 마법을 쓸 수 없다, 격한 운동도 못 한다. 그런 상태보다는 대폭으로 개선했다.

그것을 듣고서 의사들은 놀라고, 부녀는 크게 환희했다.

"그리고…… 오, 왔나. 들어와도 돼."

"어, 괜찮나요, 선생님."

"당연하지, 치료보다 우선할 건 없어."

거기까지 이야기한 참에, 방 밖으로 엘프 포병대가 찾아왔다.

그녀들은 의료 기기를 가져와서 방으로 반입하려던 것이었다.

하지만 방 안에 높으신 분들이 모여 있었으니까 어쩌면 좋을지 망설이던 모양이었다.

"무척 죄송합니다만, 지금부터 검사 시간입니다. 이타칼리나 님에게 새긴 마법진이 정상적으로 기능하는지, 그녀의 용태가 안정되고 있는지 확인이 필요하여…… 죄송합니다만, 여러분께서는 나가주시길 부탁드리고 싶습니다."

"아, 알겠습니다! 아스피도 식사가 아직이겠지, 히쿠메 경을 방해해서는 안 되니까 나가지 않겠느냐."

"예…… 아버님. 그럼 히쿠메 경, 이타칼리나를 부탁드려요."

부녀 둘은 머리를 숙이고는 병실에서 나갔다.

이타칼리나가 복귀할 수 있다는 말에 정말로 안심한 모양이었다.

"의사분들께서는 불쾌하시겠지만, 여긴 저와 조수가……."

"아뇨…… 불쾌하다느니 죄송하다느니…… 그런 말씀은 안 하셔도 됩니다."

병원에서 일하는 엘프 의사들은 그야말로 미안해하고 있었다.

"저희의 역부족 탓에 당신에게 수고를 끼쳤습니다……."

"의료 종사자로서 죄송스러울 뿐입니다……!"

"무슨 말씀입니까, 신경 쓰실 것 없습니다."

그 의사들에게 가이카쿠는 어디까지나 경의를 표했다.

"의료는 언제나 윤리관과의 싸움입니다. 그것을 무시한다면 무슨 치유인지 알 수가 없게 됩니다. 저 같은 무법자가 윤리를 무시하고 위험한 행위를 하고 있을 뿐. 그에 부담 따윈 느끼지 마시기를."

그 경의가 전해졌는지 엘프 의사들은 머리를 숙이고 부끄러워하면서도 병실을 나갔다.

그와 교대하는 모양새로 들어온 엘프 포병대 멤버들은…… 참으로 복잡해 보였다.

"다들 왜 그래, 무척 불쾌해 보이는데."

"아뇨, 엘프님은 꽤 가족애가 있구나 싶어서."

그녀들은 숲 밖에 세워둔 나인 라이브스에서 약품 따위를 가져오고 있었다.

그렇게 왕복하는 관계상, 숲속에서 벌어지는 일을 관찰할 수가 있었던 것이다.

비극이 끝난 뒤의 숲속은 동포의 죽음을 애도하는 목소리나 동포의 목소리를 기뻐하는 목소리로 넘치고 있었다.

가족에게 팔린 그녀들의 입장에서는, 그 동포에는 뻔뻔스러운 것이었다.

"뭐야, 없는 편이 나았어?"

"그런 말은 아니지만……."

"목표를 그르치지 말라고, 너희들. 이 숲에 있는 엘프 모두가 너희를 박해했던 건 아니야. 물론 용기 있는 이 여성도."

부하를 놀리면서도, 하지만 나무라는 것도 게을리하지 않았다.

그는 어디까지나 자신이 끌어들인 여성을 구하려 하고 있었다.

"무너뜨리는 건, 그녀를 구한 다음이야."

그렇다, 어디까지나 이타칼리나만을 구하려 하고 있었다.

"날 믿어."

이때의 가이카쿠는 후드를 입고 있지 않았다.

그렇기에 그의 얼굴은 엘프 포병대에게 보였다.

그 얼굴은 『절대로 엮여서는 안 된다』라는 공포와, 『틀림없이 괜찮다』라는 신뢰가 동시에 샘솟는 것이었다.

"너희가 저주해야 할 녀석들 모두에게, 너희가 느낀 괴로움을 5할 더 많이 느끼게 해줄게."

15

가이카쿠가 이곳 디케스의 숲을 방문하고 일주일 뒤.

의식을 잃었던 이타칼리나는 정오쯤에 깨어났다.

마침 가이카쿠와 엘프 포병대, 그리고 아스피가 모여 있던 때였다.

병실의 개인실에 있는 것을 깨달은 그녀는 몸을 일으키려 하고, 전혀 움직이지 못했다.

"아, 이타칼리나! 깨어났어?"

"아가씨…… 저, 저는…… 저기, 리저드맨들한테……."

"몸은 괜찮아? 아프지 않아?"

"아뇨…… 아픈 건…… 다만 힘이 안 들어가고, 나른하고……."

"기사단장 경! 이타칼리나는 괜찮을까요?"

감동의 재회, 같은 것이 아니었다.

구사일생으로 살아날 수 있느냐는 상황이니까 아스피는 필사적이었다.

"그럼 간단히 검사를 하겠습니다. 실례입니다만 아스피 님께서는 물러나 주시기를."

"예! 이타칼리나를 부탁드려요!"

"……기사단장?"

혼란스러워하는 이타칼리나는 가이카쿠를 보고서 놀랐다.

그가 기사단장이라고 불린 것에도 놀랐지만, 인간이 마치 의사처럼 행동하는 것, 아스피가 그에게 의지하는 모습에 놀란 것이었다.

"……아, 아아. 엘프 여성을 상대로 실례였군요. 포병대, 혈압과 맥박. 그리고 몸에 마법진 표면화가 일어나진 않는지 확인."

"예, 선생님!!"

"……선생님? 포병대?"

더더욱 혼란스러워하는 이타칼리나.

의료 종사자다운 청결한 옷을 입었지만, 무슨 이유인지 포병대라고 불리는 동족 여자들.

그런 그녀들이 기사단장을 선생님이라고 부르니까 더더욱 혼란이 심해졌다.

그러는 사이, 엘프 포병대들이 침대 위에 달린 커튼으로 간이 칸막이를 만들었다. 이것으로 침대 위에서 무슨 일이 있더라도 밖에서는 보이지 않게 되었다.

물론 인간 이성인 가이카쿠에게도, 말이다.

"혼란스러우신 모양이니까 설명하겠습니다. 저는 가이카쿠 히쿠메, 기술 기사단의 단장입니다. 당신을 검사하고 있는 것은 제 부하인 기술 기사단 포병대 대원입니다. 이번에 리저드맨이 인질을 잡고서 농성 중이었기에, 디케스 님의 요청을 받아서 이 숲으로 왔습니다."

가이카쿠는 커튼 너머로 설명을 시작했다.

"당신에게 전달된 『마스트 워』 음악을 통한 지시도, 제가 한 것…… 큰 부담을 강요하고 말아서 죄송합니다."

"그, 그건 알겠지만…… 어째서 포병대 분들이 제 검사를? 여긴 병원이…….."

"무척 말씀드리기 어렵습니다만, 당신이 리저드맨에게 당한 부상은 무척 깊어서 이 숲의 의료 종사자분들이 포기할 수밖에 없을 정도였습니다. 긴급사태라 판단하여, 월권임을 알고서 제가 처치를 진행했습니다. 부하인 엘프 포병대에게는 의료 지식이 있으니까, 그녀들이."

간단하게 말하고 있지만, 기사단 단장이 전문가 이상의 의료 기술을 가지고 있다는 것은 믿기 힘들었다.

"아가씨, 정말인가요?"

"예…… 다른 의사분도 놀라셨어요. 당신은 이제 구할 수 없다고…… 무리라고…… 으으으."

"그, 그런가요……."

커튼 너머로 이야기하는 동안에도 엘프 포병대는 이타칼리나의 몸을 확인했다.

혈압이나 맥박을 촉진하며 그녀의 피부에 이상이 없는지, 알몸 상태로 확인했다.

"선생님, 정상이에요!"

"몸은 약해졌지만, 이상한 사인은 없어요!"

"좋아, 돌아가."

그녀가 옷을 갈아입고는 커튼이 다시 열리고, 그곳에는 머리를 숙인 가이카쿠가 있었다.

이타칼리나는 많은 정보량에 혼란스러워하며, 하지만 그의 심플한 성의를 느꼈다.

"이번 작전에서 두 분을 위험에 처하게 만든 것을…… 입안자로서 깊이 사죄드립니다."

"아뇨, 머리를 들어주세요, 히쿠메 경!"

"그래요…… 사과하실 것 전혀 없어요! 당신 덕분에 아가씨는 무사하셨으니까!"

가이카쿠의 책략으로 아스피는 살아난 것이었다.

저것이 없었다면 절대로 살아날 수 없었으리라.

그런데도 사과를 받는다니 도리어 미안하다.

"저는 최선을 다했습니다만, 그럼에도 이것이 고작. 그것은 즉, 제가 역부족이었다는 것. 이번 일에 대해서는 티스트리아 님께 아무것도 감추지 말고 항의하시더라도 괜찮습니다."

"괘, 괜찮은 건가요?"

"상관없습니다…… 결과론은 싫어합니다만, 결과는 결과이니까.”

가이카쿠로서는 『대비하고서도 피해가 발생했다』라는 상황보다도, 『대비하지 않았는데, 피해가 발생하지 않았다』라는 보고를 꺼렸다.

하지만 그것은 가이카쿠의 주관이고, 객관적으로는 또 다르다.

행운이든 뭐든, 성공하면 그만이다. 실패한다면 그것은 용서할 수 없는 일이다.

적어도 원군을 청한 쪽은 그렇게 생각할 것이다.

“제 임무는 아스피 님의 구조. 그것 자체는 성공했으니까, 책망을 당하더라도 구두주의 정도겠죠. 그러니까 이타칼리나 님께 부담을 강요한 것, 위기 상황에 빠뜨린 것도 보고해 주시기를.”

“그런, 가요…….”

“부담이라니…….”

“……저는.”

가이카쿠는 어디까지나 겸양을 멈추지 않았다.

“저는 제 나름대로 책임을 지고 싶었던 겁니다. 그러니까 보신…… 속죄. 뒷일은 이 병원 분들께 맡길 터이니, 저는 이만 실례를…… 정말로, 실례했습니다.”

그러면서 엘프 포병대를 이끌고 방을 나갔다.

그의 뒷모습을 향하여 두 사람은 역시나 머리를 숙이고 있었다.

그리고 둘이 함께 웃었다.

“아가씨, 이번에는 무사하셔서 다행이에요.”

아무런 죄도 없는 피해자 둘.

그녀들의 관계는 너무나도 아름답다.

"……이타칼리나, 정말로 고마워. 당신과 나는 피는 이어지지 않았지만, 소중한 가족이야. 아버님도 틀림없이 그렇게 말씀하실 거야."

16

이타칼리나가 의식을 되찾고 회복했기에, 가이카쿠와 엘프 포병대는 병원을 나왔다.

습도가 높은 숲속을 일행은 걸어갔다.

아무리 이곳이 엘프의 숲이라고 해도, 같은 옷을 입은 20명의 여성이 인간 남자를 뒤따르면 눈에 띌 수밖에 없다.

"있지, 저건 기술 기사단 아냐?"

"아, 이번 구출 작전의 주역이야……."

"그밖에도 많은 임무를 수행하고 있는, 신진기예의 기사단이래."

길을 가는 사람들은 그들에게 존경의 눈빛을 보내고 있었다.

그것은 다른 기사단에게도 보내는 것과 같은, 정예에 대한 존경이었다.

"숲 밖에는 저런 괴물이 잔뜩 있다더라……."

"그런 굉장한 세계에서 저 사람들은 싸우고 있구나…… 굉장해!"

"이것 참, 그런 기사단에 같은 엘프가 소속되어 있다는 건 굉장한데!"

"그래, 엘프의 긍지야!"

가이카쿠만이 아니라 포병대에게도 선망의 눈빛을 보냈다.

그것을 받은 그녀들의 얼굴은 무척 복잡했다.

"저기, 선생님…… 저희의 감정이, 엉망진창이 되고 있는데요……."

"뽐내고 싶으면서도, 이제 와서 다가오지 말라고 으름장을 놓고 싶은……."

"기분이 좋은지 나쁜지도 모르겠어요……."

"어느 쪽이든 괜찮으니까, 입 다물고 있어. 조금만 더 있으면 되니까."

이 숲 출신자도 그렇지 않은 자도, 동족으로부터『동족의 긍지』취급을 받고 순순히 기뻐할 수 없었다.

"몇 번이나 말하지만, 조금만 더 있으면 돼. 그것으로 끝나니까 그때까지는 잠자코…… 응?"

당당하게 걷는 일행.

그 앞에 젊은이 하나가 나타나서…….

"실례합니다! 기술 기사단의 가이카쿠 히쿠메 경이시죠?"

"에엑!"

그 젊은이의 얼굴을 본 소시에가 노골적으로 싫다는 표정을 지었다.

"왜 그래."

"오빠예요. 리저드맨들이 이 녀석만이라도 죽여버렸으면, 했을 만큼…… 쓸모없는 녀석이라고요, 정말이지."

"그런가, 하지만 큰소리는 내지 말라고."

당장에라도 호통을 칠 것 같이 증오를 드러내는 소시에.

그녀의 격앙한 모습에 다른 포병대도 점점 흥분했다.

그것을 억누르며 가이카쿠는 젊은이를 상대했다.

"예, 제가 가이카쿠 히쿠메입니다. 무슨 용건이실까요?"

"예! 부디 저도, 기술 기사단에 입단시켜 주시길!"

("허어? 선생님, 불경죄로 죽여버리죠.")

("기사단 입단 신청은 불경죄의 대상이 아니야, 가만히 있어.")

어지간히도 싫은 관계였을 것이다. 소시에는 어떻게든 구실을 붙여서 그를 죽이려 획책하기 시작했다.

가이카쿠는 그에 응하지 않고 어디까지나 어른의 대응을 했다.

"입단 희망입니까, 그건 무척 고맙습니다. 하지만 현재 우리 기사단은 입단자를 모집하고 있지 않습니다. 실력에 자신이 있다면 다른 기사단에 입단하셔야 하지 않을까요."

"아뇨, 저는 당신 곁에서 배우고 싶은 겁니다!"

젊은이는 눈을 반짝반짝 빛냈다.

"엘프 외과 수술도 그렇지만, 스스로 달리는 차량에도 놀랐습니다! 당신은 밖으로 드러나지 않는 마도 기술을 풍부하게 가지고 계신 모양…… 그걸 배우고 싶습니다."

"흠…… 기사단 지망 동기로서는 적잖이 불순하지 않은가 싶습니다만."

"그럴지도 모르겠습니다, 하지만 진지합니다!"

("이제 죽여버리죠.")

("조용히.")

엘프 젊은이는 포병대들의 분노를 깨닫지도 못했다.

가이카쿠만을 보고, 속마음을 털어놓고 있었다.

"저는 가난한 집안 출신이었지만, 어떻게든 수업료를 짜내어 학교에 다녔습니다."

("허~, 날 팔아치운 걸 미담처럼 이야기하는구나~~! 역시 죽일래.")

"마력에 뛰어나기도 해서 좋은 직장에도 들어갔습니다만…… 당신 곁에서 더더욱 배움을 얻을 수 있다면, 그걸 버리는 것도 아깝지 않습니다!"

("허~~! 허~~! 날 팔아치운 돈으로 손에 넣은 걸 간단히 버려버리는구나~~! 아깝지 않구나~~! 그렇구나~~!")

미추를 동시에 들이미는, 이 남매.

가이카쿠는 진저리를 치면서도, 그것을 철저히 감추었다.

"말씀드리기 힘들지만, 제 기사단은 이미 자리가 다 찼습니다. 엘프의 경우에도, 이렇게……."

그러면서 가이카쿠는 엘프 포병대를 소개했다.

"그녀들은 기사단 설립 이전부터 저를 지탱해 준, 우수한 스태프입니다. 그녀들 없이 제 마도는 있을 수 없습니다. 또한 전투

요원도 겸하며 포병으로 일해주고 있죠."

이에 대해서는, 말투는 다르지만, 평소 항상 하는 말이었다.

실제로 아무리 우수한 의사라도 사용하는 약에 이물질이 섞여 있다면 어떻게 할 방도가 없다.

제약 같이 수수한 일을 진지하게 해주는 엘프가 있기에 가이카쿠는 기사단의 수장을 맡을 수가 있다.

"그러니까 제게 불만은 없고, 이 이상 증원할 예정이 없는 겁니다."

"그걸 어떻게든!"

여기서 젊은이가 실언했다. 가이카쿠가 원하던, 대망의 말이었다.

주위에는 목격자도 있었다. 자신들도 그처럼 지원할까, 그렇게 망설이는 자들이었다.

그렇게 변명도 할 수 없는 상황에서…….

"저는 이 숲의 대학을 졸업하였고, 엘리트라고 불릴 정도는 아니더라도 평범 이상의 마력을 갖고 있습니다!"

그는 해서는 안 되는 말을 했다.

"틀림없이!! 당신의 부하보다도!! 도움이 되도록 하겠습니다!!"

가이카쿠는 그 말을 기다리고 있었지만, 그렇다고 화가 안 나는 것도 아니었다.

"그렇습니까…… 이름을, 말씀해 주시죠."

"예! 투레이스라고 합니다!"

"알겠습니다. 기억해 두죠."

가이카쿠는 분노를 감추며 웃고 있었다.

참으로 든든한, 웃음이었다.

17

투레이스와 대화를 나눈 뒤, 가이카쿠는 그대로 수장의 저택을 방문했다.

이 저택은 리저드맨에게 점거되어 있었지만 이미 복구도 마무리되었다.

그곳에는 당연히 디케스가 있고, 가이카쿠 일행을 따뜻하게 맞이했다.

"히쿠메 경! 병원에서 연락이 있었습니다, 이타칼리나가 회복되었다고 하더군요?"

"예, 의식도 또렷하게 있습니다. 이제 제가 나설 차례도 없으니까, 인수인계도 마치고 왔습니다. 당분간은 체력을 회복하고…… 때를 두어 제가 재수술을 하게 되겠죠. 물론 희망하신다면 말입니다만."

"그렇군요…… 그녀도 엘프 여성, 이종족 이성에게 쉽사리 맨살을 드러내고 싶지 않을지도 모릅니다. 어느 쪽을 선택하더라도 그걸 존중하죠."

현관을 노크한 가이카쿠를 상대로 디케스는 흥분한 기색으로 응대했다.

하지만 언제까지고 입구에 서서 이야기를 나누는 것도 좋지 않았다.

디케스는 대환영이라는 행동으로, 자기 집으로 들어오도록 재촉했다.

"그래도 그녀가 의식을 되찾은 것은 낭보입니다. 자, 안에서 자세한 이야기를."

"아뇨, 괜찮습니다."

가이카쿠는 여기서 노골적으로 거부를 표시했다.

"예?"

"제 임무는 아스피 님 구조. 그 임무에 협력해 주신 이타칼리나 님을 구하고자 조금 더 머무르게 되었습니다만, 이 이상은 사족이겠죠. 기사단 본부로 귀환하고자 합니다."

딱히 이상한 소리는 하지 않았다. 오히려 당연한 소리를 하는 것뿐이었다.

하지만 표현이나 말투에서 살짝 거절의 뜻이 엿보였다.

"그, 그렇습니까…… 하지만, 적어도 하룻밤, 돌아가는 것을 미루시지 않겠습니까? 지금부터 나선다면 야영하게 될 터인데……."

"이미 부하에게 철수 지시를 내렸습니다. 제가 가져온 병기의 잔해 회수도 마쳤으니 아무런 걱정도 없지 않을까 하여."

"그, 그래서는 제 기분이 풀리지 않습니다! 이제까지는 이타칼리나의 의식이 돌아오지 않았으니까, 감사의 자리도 마련하지 않았습니다만, 오늘 밤이라면······."

"본래 저희에게 이번 임무는 무거웠습니다. 그럼에도 돌아온 것은, 다른 기사단이 임무에 나선 상황이었기에. 이런 바쁜 시기에 오래 본부를 비운다면 다른 임무에 지장을 초래할 가능성도 있습니다. 부디 이해해 주시기를."

가이카쿠는 어디까지나 사무적이었다.

그리고 표정 역시도 냉담했다.

그를 바탕으로 헤아릴 수 있는 것은, 무척 많았다.

"저, 저희가, 무언가 실례되는 짓을 저질렀을까요?!"

물어보아야 했다, 혹은 물어보아서는 안 되었다.

디케스는 가이카쿠에게, 거절의 진의를 물어보려 하는 것이었다.

"실례되는 일 따위는, 전혀 없습니다. 다만 저희는 처음부터, 이 숲으로 오는 것에 저항감이 있었습니다."

"그건, 어째서?"

이 시점에서 가이카쿠는 잠시 뜸을 들였다.

갑자기 이야기를 바꾸었다.

"······리저드맨들은 시녀의 옷으로 갈아입은 아스피 님을 깨닫지 못했습니다."

"아, 예."

"초조하기도 했을 테지만, 다른 종족······ 그다지 접점이 없다면 그렇게 되는 것도 이상하진 않겠죠."

"그렇, 겠지요. 흥미가 없다면, 그렇지 않겠습니까."

"예…… 흥미가 없다면 같은 종족이라도 일어나는 일입니다. 다른 옷을 입고 있는 것만으로, 당사자임을 모르는 경우가 있죠. 설령 가족이라도."

"그, 그럴 일은 없겠죠! 적어도 우리 엘프에게는, 그럴 일은 없습니다!"

마침 가족애를 확인했기에 그럴 것이다.

디케스는 무척 강한 말을 사용했다.

"그렇습니까……."

"히, 히쿠메 경, 정말로 무슨 일이 있었던 겁니까?"

"심플한 일입니다, 제 부하 중에 이 숲 출신이 있습니다."

"세상에!!"

조금 전까지 의문을 느끼던 것 따위는 잊고, 디케스는 크게 기뻐했다.

"그랬습니까…… 그건 자랑스러운 일입니다! 기술 기사단에는 엘프가 스무 명이 있다고 들었습니다만, 그랬습니까…… 동족이 활약하고 있는 것만으로도 자랑스럽습니다만, 제가 통치하는 숲 출신자가 있을 줄이야……!"

하지만 이때 그는 의문을 가졌다.

아비오르도 그랬지만, 기사단에 입단한다면 큰 소동이 벌어질 일이다.

그가 모른다는 것은 조금 부자연스러웠다.

"죄송합니다만, 이 숲을 통치하는 자임에도…… 전혀 몰랐습니다. 그렇다면 불쾌하게 여기더라도 어쩔 수 없겠군요."

"아뇨아뇨, 당신이 그걸 모르는 것은 더더욱 어쩔 수 없는 일입니다."

가이카쿠는 여기서 사실을 밝혔다.

"그녀들은 가족의 손으로, 노예 상인에게 팔렸으니까요."

"……예?"

"엘프 출신임에도 마력이 빈약했다. 그렇기에 가족에게 냉대당하고, 끝내 노예로 팔렸다. 그런 그녀들은 고향을 상대로 복잡한 심경을 가지고 있는 겁니다."

충격적인 사실을 알게 된 디케스는 너무나도 엄청난 이야기에 이해가 따라가지 못했다.

하지만 그 사고정지에서 회복되는 것을 가이카쿠는 기다리려 하지 않았다.

"그럼에도 그녀들은 임무에 사적인 감정을 개입시키지 않고, 전력을 다해주었습니다. 그에 대해서는 당신도 잘 알고 계시겠죠. 하지만 저는 이 이상 그녀들에게 부담을 주고 싶지 않은 겁니다."

가이카쿠는 그저 사실만을 늘어놓았다.

"의심스럽다면, 조사해보시면 됩니다. 이 숲을 통치하는 당신이라면 진위를 확인하는 것은 간단할 터."

하지만 그 사실을 늘어놓는 타이밍이 너무나도 완벽했다.

도저히 불평할 부분이 없고, 도저히 저항할 여지가 없었다.

"……아, 예, 바로 조사하겠습니다."

이미 디케스 안에는 기술 기사단을 붙들어 둘 말이 없었다.

그는 이미 가이카쿠의 말에 응할 수밖에 없었다.

"아, 그렇지. 딱 하나, 『실례되는 일』이 있었습니다."

하지만 그러고서 가이카쿠는 더욱 몰아붙였다.

"부하의 오빠가 저희 앞에 나타났습니다. 그는 동생이 있다는 사실도 깨닫지 못하고, 저를 향해 이렇게 말했습니다. 부디 입단시켜 달라, 제 부하가 되고 싶다…… 거절했더니 더더욱 이렇게 말했습니다."

여기서 가이카쿠는 노골적으로 불쾌하다는 표정을 지었다.

"저는 당신의 부하보다도 우수하다, 라고."

그것은 순수한 분노였다.

"이번의 서투른 작전은 저와 당신의 책임 아래에 진행되었습니다. 그 결과, 용감한 여성이 다치게 되었습니다. 저 자신도 당신도, 규탄당하는 것이 당연. 하지만…… 제 부하도 당신의 부하도, 명령에 거스르지 않고 전력으로 임해 주었습니다. 적어도 이번 임무에서 그들, 그녀들에게 잘못은 조금도 없습니다."

정중하기에, 사실이기에 전해지는 진의가 있다.

"이 숲에서 제 부하가 모욕당하다니, 도저히 허용할 수 없습니다. 무척 불쾌하여 지금 당장 돌아가고자 합니다."

"죄, 죄송……합……."

"사죄는 괜찮습니다…… 그럼 앞으로 이러한 일이 없도록, 재발 방지에 애써주신다면 좋겠습니다."

해야 할 말을 마친 가이카쿠는 그대로 등을 돌려 저택에서 떠났다. 물론 그의 부하도 그를 뒤따랐다. 그녀들의 얼굴은 경멸과 거절을 드러내는 무표정이었다.

기술 기사단은 환대의 준비가 되어 있는 저택으로, 한 걸음도 발길을 들이지 않았다.

무례이자 실례이기도 했다.

"엘프는 가족애가 두터운 모양입니다만…… 피가 이어진 것만으로는 가족으로 인정하지 않는 모양이라."

하지만 임무는 확실하게 수행했다.

가이카쿠는 힘든 임무를 달성했다. 그것만이 기사단으로서의 결과였다.

18

엘프의 숲에 사는 젊은이, 투레이스.

그는 결코 유복하다고는 할 수 없는 집안에서 태어났지만, 다행히도 마력에 혜택을 받았다.

부모는 그에게 기대를 걸고서 최대한의 애정과 최대한의 교육을 베풀어 주었다.

그 결과로 그는 좋은 직장을 얻고, 출생과 비교하면 파격적인 급여를 받기에 이르렀다.

그는 그것이 부모 덕분이라 생각하여, 받은 급여 대부분을 집에 주고 있었다.

하지만 그럼에도 그의 동생들의 진학 비용에는 부족했다.

그들 역시도 투레이스와 마찬가지로 재능이 있고, 응원하고 싶을 정도의 의욕도 있었다.

무언가 없을까 싶던 그때, 리저드맨이 쳐들어왔다.

그리고 그것을 가이카쿠 히쿠메가 이끄는 기술 기사단이 물리쳤다.

그것뿐이라면 딱히 아무 생각도 없었을 것이다.

하지만 그의 곁에는 엘리트가 아닌 엘프가 잔뜩 있었다.

이렇다면 자신들에게도 기회가 있다, 그렇게 생각하더라도 이상하지 않았다.

투레이스도 그렇게 생각한 자 중 하나로, 가이카쿠에게 애써 어필을 했다.

그리고 그것을 가족에게도 보고했다.

"가이카쿠 히쿠메 경께서 내 이름을 기억해 주셨어! 이러면 결원이 발생했을 때, 말을 건네어 주실지도 몰라!"

"그러니…… 너는 우수하니까, 기사단에 들어가면 틀림없이 활약할 수 있을 거야."

"그래, 소문으로는 기술 기사단에 들어가면 단장으로부터 지도를 받을 수 있다고…… 엘프 대상의 외과 의료를 배울 수 있다면 그것만으로도 대성할 수 있겠지."

부모는 크게 기뻐했다.

우수한 장남이 더욱 약진하기를 기대하는 것이리라.

"역시 형이야! 나도 형한테 지지 않도록 열심히 할게!"

"응, 나도 열심히 공부할게! 그리고 어머니랑 아버지한테, 잔뜩 효도할 거야!"

그의 동생들 역시도 그런 그를 존경했다.

그를 뒤따르고자 크게 분발하고 있었다.

"당신…… 우리 애들은 정말로 우수해…… 우리한테는 과분할 정도야."

"응, 정말로. 우리 아이들은 다들 우수해……!"

첫째 아들 투레이스는 말할 것도 없고, 셋째인 차남도, 넷째인 차녀도 뛰어난 재능을 가지고 있었다.

평범한 힘밖에 없는 부모한테서 이만큼 참한 아이가 태어나다니 기적 같았다.

이런 꿈으로 가득한 나날이 앞으로도 이어지기를. 가족 모두가, 그렇게 기도했다.

19

한편 그 무렵, 수장의 저택에서는…….

면회 시간이 끝나버렸기에 병원에서 돌아온 아스피.

그녀는 무척 기뻐하며 자택으로 돌아왔지만, 그 안의 분위기는 최악이었다.

축하 자리의 준비가 되어 있었는데, 그것의 정리까지 시작된 것이었다.

그녀는 허둥지둥 아버지가 있는 곳으로 향했다.

"아버님, 대체 무슨 일이 있었던 건가요?"

"아스피…… 너는 히쿠메 경에게 아무것도 듣지 못했느냐?"

"어, 예…… 히쿠메 경이 무슨?"

아무것도 몰라서 곤혹스러워하는 아스피.

그 모습을 보고 디케스는 안도했다.

'그런가, 저분은 딸에게는 아무 말도 하지 않았구나…….'

역시나 임무와 그에 대한 일에서는 최선을 다해주었나 보다.

딸이 상처받지 않아서 다행이라고, 그는 작게 감사했다.

"이타칼리나가 의식을 되찾았다는 말에, 히쿠메 경에게 작지만 감사의 파티를 여느냐고 했다. 하지만 히쿠메 경은 총본부를 너무 오래 비웠다며 돌아가셨다."

"예?! 세상에……."

"애당초 기사단 전체가 바쁜 상황이야. 오히려 이제까지 머물러주신 것에 감사해야겠지."

실제로 이타칼리나를 버리고 가더라도 그렇게까지 문제가 될 일은 아니었다.

시녀가 몸을 던져서 주인의 딸을 지켰으니까, 가이카쿠 쪽에도 책임이 돌아갈 일은 아니다.

그럼에도 남아서 치료해 주었으니까 상당히 자비로운 사람일 것이다.

"물론 이타칼리나의 재수술에 대해서는, 본인이 희망한다면 맡아 주시겠다고 하더구나."

"그런가요…… 감사를 드리고 싶었는데……."

"그렇구나, 나중에 편지라도 보내자꾸나."

어떻게든 다정한 세계를 유지하려고 했지만, 그럼에도 디케스의 마음속은 타들어 가고 있었다.

'정말이지, 이게 무슨 일이냐……!'

디케스가 확인했더니 정말로 노예 매매가 벌어지고 있었다.

그렇기에 그는 울적한 심정이 가시지를 않았다.

'재발 방지를 부탁한다고 했지만, 저건 그러니까 두 번 다시 우리한테 말을 걸지 말라는 의미야…… 이래서는, 우리 숲은 그저 은혜를 모르는……!'

이번 사건이 절망적이었기에, 해결해 주었다는 감사의 마음은 그에 대한 반동으로 더욱 컸다.

그리고 그곳에서 다시금 내동댕이쳐졌기에 그의 분노는 깊었다.

'내가 할 수 있는 일은 하나밖에 없겠군…….'

이 숲의 최고 권력자인 그는 음습한 사적 처벌을 가하겠다고 결심해버렸다.

투레이스의 가족을 포함한, 엘프 포병대를 팔아치운 자들.

그들은 이제부터 스멀스멀, 사회적인 제재를 받게 될 것이다.

그들은 작은 이유로 일자리를 잃고, 아무래도 상관없는 실패로 소송을 당하고, 트집이 잡혀 가게에서 거래를 거절당하는 것이다.

그들을 돕는 자는 이 세계에 하나도 없다.

20

그리고…… 정오 무렵에 디케스의 숲을 나선 일행.

그들은 이윽고 야영 준비를 시작하고, 밤이 되었을 때는 이미 불을 둘러싸고 있었다.

솔직히 그다지 떨어지지도 않아서, 밤에도 멀리 디케스의 숲이 보일 정도였다.

"아하하하하하!! 하하하!! 하하하하!!"

엘프 포병대 스무 명은 배를 붙잡고서 웃고 있었다.

그것은 보는 이들이 그만 기겁할 정도였다.

"이, 이히히히히, 하하하하하! 갸아아아아하하하하하!"

모두가 복근이 죄어들 정도로 크게 폭소를 터뜨렸다.

"꼴좋다…… 꼴좋다아아아아아아아아!"

"리저드맨한테 죽는 편이 나은 수준의 인생, 축하해!"

"됐어! 녀석들 인생이 끝났어!"

"살아있길 잘했어~~어어어어어어어어어!!!!"

동료라고 해도 천박, 비열의 극치였다.

엘프의 공적인 이미지를 현저하게 깎아내리는, 타인의 불행을 진심으로 기뻐하는, 솔직한 미소.

타인이 추락하는 꼴을 보고 웃는 모습은 참으로 추악할 것이다.

그렇게 생각할 수밖에 없는, 최저 최악의, 최고의 미소였다.

"선생님!! 저희, 선생님을 따라오길 잘했어요!!"

"아니 정말로…… 상쾌…………해졌어요!"

"가끔은 휴가를 받고 싶어요! 어떤 비참한 생활을 보내고 있을지, 보고 싶어!"

"다음에 제 고향으로 갔을 때도, 같은 느낌으로 해요!"

"저도저도! 제 고향에도, 꼭이요!"

"흙탕물에 처박히고, 구토 범벅인 길을 걷고, 끝내는 죽음을 택하는 거야……!!"

"우리랑 마찬가지로 지독한 꼴을 당하는 거야…… 하지만 아무도 도와주지 않거든! 노예로서 팔리지도 않아……!!"

밝고 즐거운 시간인데도 어둠밖에 없다.

그녀들의 인생이 그야말로 어둠으로 가득했다는 것의 증명이었다.

"뭐, 그렇게 되지는 않겠지."

한편 가이카쿠는 나름대로 냉정했다.

"저 디케스라는 사람은 나름대로 우수한 모양이야. 아마도 다른 숲에도 확인하도록 연락했을 테지. 이번 같은 서프라이즈는 없을 거야."

"그런가요…… 뭐, 하지만 그건 그것대로, 우리한테 머리를 숙이러 오든지 아첨을 떨든, 그 정도는…… 있겠죠!!"

몸부림치는 엘프들.

기사단에 소속되는 것은 이다지도 유쾌한 일인가.

그렇구나, 모두가 되고 싶어 할 수밖에.

"그런데, 저기…… 선생님. 이번에 저는, 그게, 다칠 뻔했는데, 그때는 치료해 주셨을까요?"

그때의 로맨스를 떠올리고 소시에는 얼굴을 붉히며 물었다.

"당연하지."

그 말에 가이카쿠는 어디까지나 진지하게 대답했다.

"너는 내 지시에 따르고, 내가 상정한 그대로 위험한 상황에 놓였어. 구하는 건 당연하잖아."

그 진지함이 엘프들의 가슴을 쳤다.

"선생님~~! 이번에는 정말로 기뻤어요~~!"

"선생님께서 바란다면 뭐든 해버릴 기분이에요!!"

"전원 동시라도 좋아요!! 엄청 싫지만!!"

"딱히 나는 성욕이 강한 것도 아니고, 동시에 하는 걸 좋아하는 것도 아니지만……."

가이카쿠에게 매달리는 엘프들. 그들을 상대로 가이카쿠는 싫어하는 것 같았다.

하지만 그럼에도 뿌리치려고 하지는 않았다.

"……저기, 반장님. 이번에 나인 라이브스가 하나 부서졌는데, 그때 좀 더 좋은 걸 만들겠다고 그랬지?"

엘프에게 둘러싸여 있는 가이카쿠에게 벨린다는 질문을 했다.

"그래, 그랬지. 애당초 테스트 기기였으니까, 오래 타면 부서지겠지."

"그럼 있지…… 다음에 만들 때는, 처음에 어느 정도 완성도를 가르쳐줘."

응석을 부리듯, 벨린다는 부탁을 했다.

"자기가 만든 부품이 어떤 것인지 알고서 작업하고 싶거든. 그쪽이 더 의욕도 있을 테니까."

"……알았어. 너희도 열심히 해줬으니까."

이리하여 드워프가 가담한 기술 기사단은 무척 어렵고 중요한 임무를 달성했다.

이것으로 기술 기사단의 무명은 더욱 퍼지게 될 것이다.

그들 자신이 개척하는 미래는 희망을 가질 수 있을 만큼 밝게 빛나고 있었다.

종장 과장 없는 평가

1

가이카쿠 히쿠메가 이끄는 기술 기사단이 디케스의 숲에서 임무에 나섰을 무렵…….

기사 총장 티스트리아와 그녀의 직속 기사들은 볼레아 지방에서 벌어진 전투에 나가 있었다.

볼레아 지방에서 싸우는 아군은 당연히 크게 열세였다.

적의 숫자가 많고, 적의 보급이 윤택하고, 적의 용병술이 교묘했다.

아군은 우둔하지 않았으니까 방심하던 것도 아니었다. 하지만 적에게는 뒤지고 있었다.

이대로는 확실하게 패배한다고 모두가 알고 있었다. 그렇기에 아군은 빠른 단계에서 기사단에게 구원 요청을 했다.

그리고 기술 기사단 이외의 기사단이 모두 나가 있었기에 결과적으로 티스트리아가 참전하게 되었다.

그리고 그것을 계기로 『역전』했다. 티스트리아가 직속 기사를 이끌고 참전한 것만으로 열세였던 전황은 뒤집힌 것이었다.

"안녕하세요, 여러분. 처음 뵙겠습니다. 저는 기사 총장, 티스트리아입니다."

그녀는 우선 아군 병사들 앞에 모습을 드러냈다.

이 나라의 모두가『기사 총장 티스트리아』라는 우상을 알고 있다.

소문과 다름이 없는 그 모습을 드러낸 것만으로 사기는 크게 올라갔다.

반대로 적의 사기는 뚝 떨어졌다.

기사의 정점에 선 여자가 직속 기사를 이끌고 참전했다. 그것을 알고 장병 모두가 겁을 먹은 것이었다.

기사의 정점이 약할 리가 없다. 그녀의 측근이 약할 리가 없다. 이길 수 있을 리가 없다.

"저희가 선두에 서겠습니다. 여러분, 우리를 따라주십시오."

그리고 그들은 소문에 부끄럽지 않은 강함을 발휘했다.

고작 백 명 정도의 병사를 이끌고서 적진으로 돌진했다.

"궁병대! 티스트리아와 부하를 노려라, 다른 건 전부 무시해라!"

적의 전선 지휘관은 자신의 공포를 얼버무리듯이 외쳤다. 부하인 궁병들은 그에 따라 화살을 날렸다.

그러나…….

"저를 포함한 인간의 톱 엘리트는 순발력과 지구력이 평범한 사람의 스무 배를 넘습니다. 그런 화살은 맞지 않습니다."

하지만 티스트리아와 직속 정기사들은 조금 빨리 달리는 것만으로 회피했다.

하지만 그『조금 빨리』는 그녀들의 기준으로, 평범한 사람에게는 급가속한 것처럼만 보였다.

그리고 적병의 정면에 다다라서 최전선에 선 병사들과 대치했다.

"그 여자를 죽여라! 평생 놀고먹을 수 있는 포상금을 약속⋯⋯."

전선 지휘관은 티스트리아를 죽이라고 지시하려 했다. 그러나 그보다도 빨리, 티스트리아에게 베여서 죽었다.

그만이 아니라 주위에 있던 호위도 모두 그녀 하나의 검에⋯⋯.

"한 번 더 말하죠, 저를 포함한 인간 톱 엘리트의 순발력과 지구력은, 평범한 사람의 스무 배를 넘습니다. 한순간에 스무 명 이상을 죽이는 것도 가능합니다."

그리고 그녀 주위로 뭉친 정기사들도 동등한 역할을 하고 있었다. 무방비한 궁병 부대로 뛰어들어서 그들 대부분을 흩어놓았다.

"티스트리아 님을 따라라! 적은 궤멸시켜라!"

그리고 티스트리아와 정기사를 뒤따르는 모양새로 종기사도 돌입했다.

이미 적군의 진형은 엉망으로 무너져서 제대로 전투할 수 없는 수준이 되었다.

"오, 오오오! 기사의 여신이다⋯⋯ 전장의 여신이다! 우리에게는 최고로 아름답고 최고로 강한 여신이 함께한다고!"

"이겼다, 우리 승리야!"

아군은 그것으로 기세를 되찾고, 엉망이 된 적진으로 돌진했다.

"젠장, 이 녀석들 기세를 되찾았어⋯⋯! 기사단이 왔다고 까불어 대기는!"

"그런 소리를 할 때가…… 물러나라, 물러나라!"

그리고 그대로 적을 철수로 몰아붙인 것이었다.

2

볼레아 지방의 전투는 이리하여 끝이 났다.

기사 총장인 티스트리아와 직속 기사가 참전하여, 열세였던 전황을 역전하고 승리로 이끌었다.

아군은 그녀를 칭송하고, 숭배하고, 감사했다.

그것은 물론 아군의 장군도 마찬가지였다. 전장에 친 그녀의 텐트를 방문하여 맹렬하게 감사를 전했다.

"티스트리아 각하, 조력에 감사드립니다. 덕분에 승리할 수 있었습니다."

"기사로서 당연할 일을 했을 뿐입니다. 개의치 마시기를."

여신 같은 미모를 가진 티스트리아는 어디까지나 담담하게 응대할 뿐이었다.

하지만 그럼에도 아군의 장군은, 딸은커녕 손녀 정도로 나이 차이가 있는 그녀에게 어디까지고 감사를 아끼지 않았다.

"아뇨, 그저 감사를 드릴 따름입니다. 혹시 앞으로 말머리를 함께 하고서 싸울 일이 있다면, 그때는 이 감사를 전투로 증명하겠습니다!"

감격의 눈물을 흘리며 장군은 그녀의 텐트를 떠났다.

그녀는 그가 떠난 것을 확인하고, 텐트 내부에 놓여 있는 책상에 앉았다.

　기사 총장인 그녀는 서류 업무도 많았다. 신속하게 일을 정리하고자 깃펜을 손에 들었다.

　"실례합니다, 티스트리아 님. 차를 타왔습니다."

　"감사합니다."

　그런 그녀 곁으로 직속 정기사인 웨즌이 나타났다.

　쟁반에 차가 든 컵을 얹어서는 가져와서 그녀의 책상에 놓았다.

　차를 내오는 것 자체는 무척 평범한 일이었다. 하지만 컵이 무척 유치한 디자인이었다. 10살 미만 애들이나 쓸법한 컵이었다. 도무지 성인 여성이 쓸 물건이 아니었다. 기사 총장인 티스트리아라면 더더욱 걸맞지 않았다.

　하지만 그 컵은 그녀의 개인 물품으로, 그녀가 『마음에 들어 하는 물건』이었다.

　그녀는 그것을 손에 들더니 디자인을 감상한 뒤, 기쁜 듯 차를 마셨다.

　"티스트리아 님. 기술 기사단에게 맡긴 디케스 숲의 농성 사건 말입니다만…… 수장 디케스 님으로부터 무사히 해결됐다는 보고가 왔습니다. 인질이 되었던 아스피 님도 무사히 보호했다고 합니다."

　웨즌 경이 사건 해결의 보고를 전달했다.

　그의 표정은 그저 사무적인 보고가 아니었다.

어려운 사건을 해결한 기술 기사단에 대한 경의와 감탄이 담겨 있었다.

"그렇습니까, 역시 대단하군요."

티스트리아가 겉으로 드러낸 평가도, 마찬가지였다.

"그 건은 제가 나서더라도 완벽하게 마무리 지을 수 있다고 단언할 수 없는 일이었습니다. 필시 그도 무척 고생했을 테지요. 돌아가면 바로 치하하죠."

"참으로, 말씀하시는 그대로가 아니겠습니까."

웨즌은 이의 없이 수긍했다.

"기사단장인 가이카쿠 히쿠메 경만이 아니라…… 그 작전에 참여한 부하 전원에게, 마땅한 칭찬을."

어려운 임무를 해낸 신진기예의 기술 기사단.

그들의 평가는 견실하게 계속 높아지는 것이었다.

후기

이번에는 졸작, 『영웅 여기사에게 유능을 들킨 나의 미인 하렘 기사단 가이카쿠 히쿠메의 기술 기사단』 2권을 구매해주셔서 감사합니다.

지난 권 마지막에 기사단으로서 정식으로 인정받은 가이카쿠 일행은, 새로운 동료를 맞이하여 스타트했습니다. 그런 만큼 터무니없이 어려운 문제가 마법 기사단을 가로막습니다. 그중에는 가이카쿠조차 무서워하는, 달성이 힘든 임무까지……

그런 본편입니다만, 즐겨 주셨을까요? 무척 재미있었다, 좀 더 읽고 싶다, 그렇게 생각해 주신다면 다행입니다.

제가 본 작품을 쓰자고 생각한 계기 중 하나는, 『거점 경영 계열 시뮬레이션 게임』을 소설로 구현해 보자, 입니다.

거점 경영, 혹은 도시 경영, 콜로니 운영 계열의 게임이라고 해도 각양각색입니다만, 기본적으로는 『연구를 진행한다』 『거점 안에 시설을 만든다』 『시설 안에서 새로운 것을 생산한다』 『생산된 것으로 보수를 얻는다』 『다시 연구를 진행한다』라는 사이클이 있습니다.

본 작품에서는 이것을 소설로 구현하여, 가이카쿠는 일종의 플레이어 시선으로 거점을 경영하는 것입니다.

물론 조직 안에서의 반발도 있습니다만, 그것을 능가할 만큼 좋은 인상을 주는 『무언가』를 제공하는 것으로 뛰어넘습니다.

　운영 능력, 기획 능력, 연구 능력 등으로 조직을 한데 모으고, 실적을 쌓아나가는 주인공. 그것으로 카타르시스를 느껴주신다면, 그렇게 생각하고 있습니다.

　물론 그런 주인공을 메인으로 한 이야기 집필은, 작가로서는 무척 힘듭니다. 하지만 무척 보람이 있는 일입니다.

　마지막으로…… 편집 하야시 님. 일러스트레이터 히무로 님. 정말로 감사했습니다. 1권에 이어 2권에도 조력해주셔서 감사합니다.

아카시 로쿠로

EIYUONNAKISHI NI YUNO TO BARETA ORE NO BIJIN HAREM KISHIDAN Vol.2
GAIKAKU・HIKUME NO KIJUTSU KISHIDAN
©Rokurou Akashi, Shunsuke Himuro 2024
First published in Japan in 2024 by KADOKAWA CORPORATION, Tokyo.
Korean translation rights arranged with KADOKAWA CORPORATION, Tokyo.

영웅 여기사에게 유능을 들킨 나의 미인 하렘 기사단 2

2024년 12월 15일 1판 1쇄 발행

저   자 아카시 로쿠로
일 러 스 트 히무로 슌스케
옮 긴 이 손종근
발 행 인 유재옥
이   사 조병권
출판본부장 박광운
편 집 2 팀 정영길 박치우 조찬희
편 집 3 팀 오준영 권진영 이소의 정지원
디자인랩팀 김보라 이민서
디지털사업팀 김경태 김지연 윤희진
콘텐츠기획팀 박상섭 강선화
라이츠사업팀 김정미 이윤서 임지윤
영업마케팅팀 최원석 이다은 윤아림
물 류 팀 허석용 백철기
경영지원팀 최정연
인쇄제작처 ㈜코리아피엔피
발 행 처 ㈜소미미디어
등   록 제2015-000008호
주   소 서울시 마포구 토정로222, 502호 (신수동, 한국출판콘텐츠센터)
판매 및 마케팅 (070) 8822-2301

ISBN 979-11-384-8523-4 04830
ISBN 979-11-384-8462-6 (세트)